우리는
새벽까지
말이
서성이는
소리를
들을 것이다

우리는
새벽까지
말이
서성이는
소리를
들을 것이다

자카리아 무함마드 시집

오수연 옮김

ZAKARIA MOHAMMAD

한국에 대한 나의 기억은 1980년의 광주민주화운동과 연결되어 있습니다. 당시 광주 시가지의 시위에서 치켜올려진 수천 개의 주먹들은 텔레비전을 통해 팔레스타인 젊은이들의 눈과 마음을 사로잡았습니다. 어떤 의미로 그 주먹들은 불의에 항거하고자 하는 우리의 주먹이기도 했습니다.

2003년에 나의 친구이자 이 시집의 번역자인 소설가 오수연 씨를 팔레스타인에서 만났습니다. 카페에서 마주 앉아 그녀는 나를 인터뷰했고, 떠났습니다. 얼마 후 나는 서울에서 개최될 문학 행사의 초청장을 그녀를 통해 받았습니다.

인천공항의 직원들은 내 여권을 어떻게 처리해야 할지 몰라 쩔쩔맸습니다. '팔레스타인 자치정부'라는 국적을 들어본 적이 없었던 것입니다. 나는 그런 여권으로 한국의 공항에 도착한 첫번째 팔레스타인인이었습니다. 그래서 공항 직원들은 문학 행사의 주최측이 신원 보증 서류에 서명할 때까지 나를 잡아두었지요.

과거에는 나의 나라 팔레스타인이 지도상에 존재했습니다. 1948년에 그 이름은 지워지고 이스라엘이라는 이름으로 대체되었으며, 인구의 절반이 나라 밖으로 쫓겨났습니다. 그래도 나는 팔레스타인이 국가였던 때를 잊지 않기 위해 아버지의 팔레스타인 여권을 아직도 간직하고 있습니다.

그 이상한 여권으로 한국을 다녀간 지 17년 후, 나는 한국어로 번역된 내 시집의 서문을 쓰고 있습니다. 나는 이 시집을 무엇보다도 한국의 친구들에게 보내는 인사로 여깁니다. 그들은 나를 환대하고 손을 잡아주었습니다. 나는 그들의 음식과 술을 맛보았습니다.

그러므로, 내게는 이 책이 단지 시집이 아닙니다. 실로 우정과 연대의 노래입니다. 이것이 제가 이토록 기쁜 이유입니다.

2020년 10월
자카리아 무함마드

차
례

1부

ZAKARIA MOHAMMAD

시

내가 잠들면

내가 잠들면 오는 친구가 있어. 나는 묻지. "넌 어디에 있는 거야? 왜 그렇게 사라져버렸어?" 그는 미소만 짓고 답하지 않아. 말 너머의 미소, 내 가슴이 따뜻해져. 그러나 잠에서 깨어 나는 그가 삼십 년 전에 죽었다는 걸 깨달아. 매번 그래. 매번 나는 그의 죽음을 새로이 알게 돼.

잠 속에는 죽은 사람이 없어. 거기에는 손실이 없어. 생시에 잃은 것을 잠 속에서 찾지. 그게 내가 잠자기를 즐기는 이유야. 어떤 이들은 마지못해 잠자리에 들지만, 나는 집으로 돌아가듯이, 들에 나가듯이 잠자리에 들어.

강물처럼 내달리는 친구가 있어. 나는 둑에 서 있고 그는 아래에서 흐르지. 나는 그를 멈추게 할 수도, 그 안에 뛰어들어 헤엄칠 수도 없어.

"어디 가는 거야?" 나는 그에게 말해. "이리 와. 나와 함께 깨어나자. 이리 오라고!"

내 의식의 문턱 바로 밑으로 흐르게끔 진로를 바꾸라고. 하지만 절대 그렇게 되지 않아.

내 잠 속에 흐르는 큰 개울이 있어. 낮의 짧은 손은 그 물을 한 국자 떠서 내게 줄 수가 없어.

거래

우리 정원의 죽은 살구나무
서 있도록 받쳐주고
둥치를 감고 오를 담쟁이덩굴을 심었더니
곧 나무는 이파리로 뒤덮였네.

이제
우리 살구나무는 푸르러.
심지어 12월에도.

이것이 거래:
죽음이 뿌리와 열매를 갖고
우리는 위조된 푸른 잎을 가졌지.

개들

베두인*의 이상한 생각들이
머리에서 나와 그 앞에 웅크린다.
그는 휘파람을 불고
막대기를 던지며 외친다.
물어 와!
베두인의 머리에서 나온 생각들은
자기들끼리 수군댄다:
참 이상한 사람이야.
생각이 개라고 여기다니!
그래도 그들은 사냥감을 쫓고
막대기를 잡으러 달린다.
짖지 않는다면, 꼬리를 흔들지 않는다면
생각들로 베두인은 아무 짓도 할 수 없다.
생각들은 자기들끼리 논다.
자기들이 개나 말일 수 있다는 걸 안다.
그런데 요즘, 말들은 모두

---

* 북아프리카와 서아시아에 걸쳐 유목 생활을 하는 아랍 부족.(이하 모든 주
  는 역주)

왕립 마구간에 처넣어져
재갈을 짓씹고 있다.
요즘, 생각은 개다.
개일 따름이다.

꽃

꽃은 엄마도 아빠도 없다. 미아처럼 기차역에 서서 제 손을 잡아줄 손을 기다린다.

꽃의 입은 몇 마디밖에 모른다. 꽃이 어디에서 와서 어디로 가는지를 우리가 알기에도 충분치 않다.

나로서는, 내가 꽃을 낳아 잃어버린 장본인이기를 바란다. 그래서 죄책감으로 울기를. 내 입에 담긴 단 몇 마디를 웅얼거리며 울기를 바란다. 그녀의 입에 담긴 단 몇 마디를 웅얼거리며.

꽃은 입이 없고 타고 갈 기차도 없다.

마차

날아가는 화살이 휘돌아
자기를 쏜 손으로 되돌아갈 수 있나?

나는 죽지 않으려고 돌진, 돌진.

떨어진 화살은 주워서 다시 쏘아줄 손이 있지만
나를 쏜 손은 이제
다른 녀석들을 쏠 것이거든.
그래서 나는 돌진, 돌진.
갈 데까지 갈 거야. 내가 박살나서 더는 갈 수 없을 때까지.
분노와 욕망의 스케이트를 타고 손들과, 혀들과, 생각들을 꿰뚫으면서
하늘로.
영광을 얻기 위해서가 아니라
행복도 아니라
단지 내 삶의 포도송이에서 마지막 한 방울까지 다 짜내기 위해.

커피 한 잔 마실 새도, 단어 하나 쓸 새도 없이
다른 이들은 씌어질 것을 쓰고 마셔질 것을 마시는데
나는 돌진, 돌진해야만 해.

머리 허연 현자가 되고 싶지 않아.
현자란 멈추어 뒤를 돌아본 화살이지.
내가 멈추기 전에 내 심장이 먼저 멈출 거야.
심장이 멈춘 후에도 나는 수천 마일을 더 갈 거야.

훗날 나보다 멀리 간 사람들은
길에 흩어진 나를 보게 될 거야.
깨진 두개골
나사들
아직도 떨면서 돌고 있는 톱니바퀴를.

여행

그런 일이 생긴다. 당신이 황무지를 정처 없이 헤매는 일.

가파른 언덕을 오르고, 계곡으로 내려가고
진흙에 발이 빠지고
지치도록 걷고 또 걸어도
어디가 어딘지 모르겠는, 그런 일.
잠시 쉬려고 앉았다가
도저히 일어설 수 없어
여기서 밤을 지내자, 당신이 중얼거리는데

문득
풀숲에 숨어 있는 당나귀 한 마리 보이는 일.
석회암에서 나온 듯 온통 잿빛 당나귀
당신이 다가가 올라타도 놀라지 않고

오히려 당신을 반기는 듯한 일.
당나귀는 주저 없이 길을 잡아
굽이굽이 잘도 돌고 잘도 꺾어

총총총 가볍게 걷고
당신은 그 박자에 익숙해져
편안히
저 멀리 보이지 않는 바다로 지는 해를 바라보는 일.

당신은 여행 중.
길을 가고 또 가고
당신은 목적지를 모르지만
당나귀는 잘 아는 것 같은 일.

그리고 그 당나귀는 죽음인, 그런 일.

촛불

탁자 위 열 개의 촛불을 단숨에 불어 끌 수도 있겠지만

하나씩 꺼나갔다.

내 입, 걸신들린 도마뱀의 입이 반딧불이를 한 마리씩 삼키기를.

또, 밤의 대상(隊商)이 연기와 눈물의 길을 건너가기를.

징조

밤에 들리는 울음소리. 양탄자 밑에서 배어나오고, 벽 속의 수도관에서 울려 나온다.

죽은 사람들일 것이다. 그들 말고 누가 자정 넘어 울겠나?

창으로 보이는 한 조각 밤하늘에 별 하나 없고. 만약 하늘 전체가 그렇다면 나쁜 징조다.

죽은 이들이 손에 든 검은 튤립으로 하늘을 닦았을까 봐 두렵다.

밤에 나는 글을 쓴다. 한 손가락으로 자판을 친다. 사라진 별들이 창문으로 돌아오게 하려면 손가락 하나로 될까? 거의 불가능하다.

검지가 자판을 누른다. 거대한 암흑 너머의 공간으로부터 글자가 와서 화면에서 외친다.

여자

언덕배기의 나무가 되고 싶지 않아요.
바람이 나를 찢고
축축한 공기가 내 허파를 상하게 할 테니.

비탈의 바위가 되고 싶지 않아요.
햇살이 내 기억을 바래게 하고
비는 내 손가락을 잘라버릴 테니.
난, 길에 떠도는 고양이가 되고 싶어요.
내 꼬리가 장난감이고
경계심으로 빛나는 내 두 눈만이 하늘의 별이죠.

자살

날개 없는 비닐봉지가 날려 한다.
비상은 모든 피조물의 꿈.
그 봉지들을 하늘로 밀어 올리는 것은
희망보다 절망이다.
그것들은 숫개구리처럼 허파를 공기로 채워
공중으로 도약한다.

대개 떨어져 나뭇가지나 선인장 가시에 걸린다.
"놔줘", 봉지는 외친다.
"죽고 싶어. 라말라*의 제일 높은 건물에서 나를 던져버
리고 싶어."

그래도 사람들은 계속 비닐봉지를 버린다.
주사위를 던지듯 곁눈질하면서 던진다.
날아오르는 데 성공한 것들이 자기 머리 위로 떨어질까
봐 겁내면서.
자살하는 까마귀들처럼.

---

* 팔레스타인의 행정 도시.

왕

내 여기
강아지들을 돌보며
따뜻한 우유와 자두를 먹이고
늦은 오후에는
해변에도 데리고 나가는도다.

내 여기
위로는 바삐 돌아가는 태양
주위에는 빈둥대는 도둑 패거리
기한이 지난 꿈의 다발들
바로 여기서
더위와 습기로 내 생각은 상해가고
입가로 흐른 적포도주에 수염이 젖는도다.

내 여기
강아지들이 보채어
개줄 묶어 나가는도다
강아지들에게 질질 끌려
바다 깊이 빠지는도다.

접시

아침에,
내 삶의 콩꼬투리를 접시에 턴다.
접시에 모아진 콩을
사람들이 가져간다.

지나가는 사람마다 한줌씩 집어 들고
가버린다.

저녁에,
나는 의자 사이를 무릎으로 긴다.
그들의 손이 흘려버렸을지도 모를 콩 한 알 찾아
내 인생을 맛보여줄 한 알을 찾아서.

살해

작은 새
벚나무에 앉아 있는 한 주먹도 안 되는 새
이름이 먼지 얼룩으로 날개에 적혀 있었는데, 비에 씻겨
버렸지.
내가 창문을 열자 새는 날개 치며 날아가버렸다.
그런데 그 직전에 내 무서운 눈이 잡았다, 새의 형태와
색깔을.

하여 새는 영원히 하늘을 쟁기질해야 한다.

이름도 색깔도 벗겨진 채
뒤를 잇는 비행운조차 없이
다음에 그 새를 포착해줄 눈도 없이.

새는 무자비하게 살해당했다.
나에게
소나기에게.

눈이 머는 날

사람은 개가 있어야 한다.
사람은 눈이 머는 날이 있어야 한다.
인생의 목적은 이 두 가지를 한데 모으는 것.
어떤 이들은 개에게 목줄을 묶어 두 발 사이에 앉힌다.
눈먼 티는 내지 않는다.
다른 이들은 개가 떠나버린 후에
눈이 머는 일에 직면한다.

행복한 사람이란
눈이 멀게 되는 날에 개를 얻는 이.
제 개를 위해 눈이 먼다.
개와 눈멂 사이에서
장난감이 되고 만다.
짖는 소리와 어둠 사이에서.

사제

내 삶의 의미는?
내가 한 일들의 의미는?

내 발은 미지의 땅에 길을 내지 않았고
내 삽질이 모래 속에 숨겨진 보물을 찾아낸 적 없고
내 손은 자궁의 어둠에서 생명을 받아내는 산파의 손이
아니었는데.

나는 늙은 사제
신생아의 첫울음을 기다려서 이름을 지었을 뿐.

나는 다만 이름 짓는 자
울음에 이름을 붙여준다.
등에다 이름을 상표처럼 찍어준다.

우주에 울려 퍼지는 울음은 전부 다 내 솜씨다.

우박

감기로 코 푼 휴지를 모아서 비닐봉지에 넣어
휴지통에 버린다.
내일 다른 봉지를 버릴 거다.
모레에도
그러므로, 코 푼 휴지 다음에는
눈물에 젖은 흰 휴지
그다음에는 시들어가는 흰 카네이션 무더기
맨 나중에는, 봄 우박이 아몬드 꽃가지를 쓸어버릴 거다.

그림자

그림자는 우리 옷자락에 매달린 아이들
자식으로 알아달라고 애걸하네.
하지만 가망은 없어.
어머니가 이빨로 물어뜯을 탯줄을 배에 단 것들만
우리는 가계도에 더하니까.
탯줄이 없으면
우리하고는 아무 상관없으니까.
그림자든
우리의 땋은 머리채에서 떨어지는 작은 꽃들이든.

내게 뭔가 선사하려면

내게 뭔가 선사하려면, 거울을 주게. 영혼이 거울에 숨도록.

짧은 낮 동안 그것은 거울의 틀을 창문 삼아 밖을 바라볼 것이네. 긴 밤에 그것은 밀을 갈아 먹을 빵을 구울 것이네.

나를 침묵시키려면, 내 혀를 구리선으로 묶게. 구리의 번쩍임만이 영혼을 속일 수 있네.

나를 달래려면, 웃어주게. 거울 뒤에서 죽은 자가 내게 웃듯이.

마지막

나를 남겨두세요.
권총에 장전된 마지막 탄알을
죽음이 문간에서 기다리도록.
나를 남겨두세요.
허파에 마지막 숨을
억눌린 숨결이 간신히 빠져나가도록
나를 남겨두세요.
열쇠의 마지막 복사본을
그래서 유령만이 들어올 수 있도록.

인형극

장미와 죽음과 나
무대 가운데 서다.
재미로 가면을 바꾸다.

때로 나는 죽음
무시무시한 주먹으로 모든 걸 날려버리다.
또는 죽음이 울타리의 장미로 피어나다.
또는 장미가 치명적인 유리 파편이 되다.

무대 위 우리 셋: 손 하나가 줄로 당기다.
부드럽게, 세게

우리 머리 위에서 맴도는 건 누구의 손?
"신의 손", 장미가 말하다.
"악마의 손", 죽음이 말하다.
나는
아무 말 안 하다.
내가 말하기 전에 죽음이 제 손가락을 내 입술에 갖다 댔
으므로.

장미

이 장미를 원한다.
이 장미를 흩뜨리기 원한다.
근사한 물병을 주먹으로 부수고 싶듯이
이 장미를 도살하기 원한다.
칠면조를 내장 뽑아 꼬치에 꿰고 싶듯이
이 장미를 토막 내기 원한다.
소년을 부싯돌로 할례시키고 싶듯이

이 장미를 원한다.
이 장미가 곪아버리기를 원한다.
종기와 물집이 되어 내 육신과 영혼을 뒤덮기를 원한다.
멀어버린 내 한쪽 눈에 이 장미를 꽂기 원한다.
하늘의 칠판에서 별들을
이 장미로 지우기 원한다.

이 장미를 던져 올려
이 장미가 구름 속에서 폭발하기를 원한다.

죽은 자들

이 나무들은 뭔가요?
지평선까지 빈틈없이 늘어선
이 나무들은?
죽은 자들이란다, 아들아.
전쟁에 나가 돌아오지 못했단다.
보렴, 그들이 도시로 들어오려고
검문소 앞의 농부들처럼 줄서 있지 않니.
그런데 거대한 문에는 빗장 걸렸고
감시탑은 북적대지.
산 자들이 밤새 불 밝히며
화살을 겨누고 있지.

통과

불빛 안에 슬쩍 들어서지 마.
옆집에 가던 척하지 말라구.
부족의 소년이 사나이가 되기 위해
할례로 통과의례를 치르듯
표시를 내란 말이야.
살점을 잘라 피를 내라구.

밤

언덕 너머에서
풀과 꽃을 다 먹어치운 검정 말
마을로 온다.
내리막길을 따라 가볍게 걸어온다.
말이 지나는 집마다 불을 켠다.
발굽이 땅을 두드릴 때마다 가로등이 들어온다.
밤새 말은 여기 있을 것이다.
다각다각 다각다각
우리는 새벽까지 말이 서성이는 소리를 들을 것이다.

나무

나무는 허공을 타오른다.
낙타가 선인장을 씹듯 공기를 씹는다.

빙산처럼 공간이 갈라진다.

나무는 천천히 허공을 타오른다.
눈먼 이가 지팡이로 두드리면서
한 발 한 발 층계를 오르듯.

어디로 가니, 눈먼 나무야?
어디로 가니, 늙은 낙타야,
공기의 가지들을 먹어치우면서?
나무는 허공을 타오른다.
녹슨 문이 조심스레 열린다.
열린 적 없는 경첩이 삐걱거린다.

피타고라스

들어보게, 내 친구 피타고라스.
내가 자네의 숫자들을 종이 깔때기에 넣었다네.

하나는 신이요.
나 그에게로 가
버려진 그의 해변에서 모래를 쓸 것이네.

둘은 막대기와 그 그림자.
밤에 그림자가 막대기를 삼켜버린다네.

셋은 하나인데,
자기를 삼인조로 찢어버린 하나이네. 성부와 성자와 성
령.

넷은 동굴을 지키는 개.
그림자에 짖고, 아무것도 아닌 것에 짖는다네.

다섯은 엄지손가락.
기린들 속에 있는 한 마리 하마.

여섯은 두 손바닥 사이의 틈.
절대로 뚫리지 않는 틈이라네.

일곱은 일곱번째 하늘에 있는 신의 집.
거기서 신은 버려진 자신의 해변을 쓸며
외로움에 진저리를 내고 있다네.

이제 알겠지. 피타고라스, 숫자의 마술사여. 오직 하나의
숫자만이 있다네:

그 숫자는 모세의 뱀처럼 다른 뱀들을 다 잡아먹어버리네.

죽음이란 없다

죽음이란 없다.

지나가면서 당신의 눈을 덮는 작은 구름이 있을 뿐.

친구가 등 뒤에서 다가와 손으로 당신의 눈을 가리듯이.

죽음이란 없다.

검정 염소가 있고 그 젖통을 짜는 문신한 손이 있다.

흰 염소젖이 당신의 입을 채우고 나서 당신의 눈으로 흘러내린다.

다시, 죽음이란 없다.

가시투성이 산딸기나무가 있다.

당신의 어깨를 아프게 잡아 세우는데

거북이들에게 길을 내줘야 하기 때문이다.

죽음이란 없다.

절대로

없다.

너의 상처를

누구도 너의 상처를 꿰매지 못하게 하라.
상처는 너의 것.
실은 너의 것.
상처와 실 사이에서 흐르는 피는
네 생각.

입술을 물로 축이지 말라.
네 입술은 술에 사로잡힌 포로이며
술로 풀려날 것이니.

확인

살해당한 이들이 영안실에 있다.
신원확인을 하러 우리는 냉동고로 다가간다.
각자 손 뻗어 제가 아는 희생자를 가리킨다.
그리고 그의 꾹 다물린 입술을.
그의 영혼은 어떤가 하면, 확인될 수가 없다.

비누거품처럼 그것을 총알이 터뜨려버렸다.

저물녘

저물녘 잠자리 찾는
한 떼의 새.
내게 깃들인다.
어스름 속에 서 있는 나는
한 그루 나무.
팔꿈치에, 어깨에, 머리카락에, 가슴에
새들이 파고들어
밤새 내는 소리가 아무리 괴로워도
쫓아낼 수 없다.
그 많은 새들이 다 내 형제들의 영혼.
나는 그들의 집이 되어야만 한다.
이 대규모의, 구제받지 못한, 벌벌 떠는 다수.
밤이라 불리는 이 음울한 평야에
나는 단 한 그루 나무.
떨리는 손들이 자신을 덥힐 땔감을 달라 한다.
그래서 나는 내 가지로 불을 먹여야 한다.
이것이 그들이 기억이라 부르는 것.

말

말은 소용없어.

여섯은 애도용이고 기쁨을 위해서는 하나뿐인 걸. 아냐, 열이 애도용이고 하나만 남지.

아, 말을 신에게 돌려보낼 수만 있다면. 우리 입과 목구멍에 수류탄처럼 그걸 던져버린.

언젠가 집에 닿으리

언젠가 집에 닿으리.

어깨에서 짐 내려 문간에 놓으리. 거기 아무도 없으리.
빈집의 문을 밀어 열고 들어가서 조용히 앉으리. 석양빛의
검이 집을 반으로 가르고: 어두운 쪽, 밝은 쪽. 나는 어둠
과 빛 사이에 앉아 있으리. 과거는 냇물처럼 내 뒤로 흘러가
고, 미래는 달팽이처럼 내 앞에서 꾸물대고, 나는 시간을 모
르고. 거기서, 침묵 속에서, 빛과 어둠 사이에서, 나는 돌이
되리. 테두리가 부조로 장식된 거대한 바위 위 석상이 되리.
조각가의 손이 정으로 내 허벅지를 새기리: 이것이 경계.
이것이 댐. 과거의 물은 과거로 흐르고, 미래의 물은 반대쪽
으로 흐르고.

언젠가 나는 목 부러진 석상이 되리: 한 손은 어둠에 먹
히고 다른 손은 빛에 갉아 먹힌.

태양

내 정원에 그것이 매여 있다.
침대에 틀어박혀
나는 그것의 거친 혀가 송아지 핥는 소리를 듣는다.

볼 수는 없다.
나는 눈이 없어서
눈이 삼키는 사료를 소화시킬
위장도 없어서.

봄날에 침대에서 나는 꼼짝 못하고
태양이 내 정원을 어슬렁거린다.
부푼 젖꼭지에서 똑똑
상상의 송아지가 먹을 젖이 떨어진다.

이 말을 위해

가장 여린 싹과 가장 달콤한 꽃봉오리가
다 이 말을 위한 것.
은으로 된 굴레도
금으로 지어진 안장도
윤기 흐르는 목에 걸릴
한 오라기 피의 실도.

추수하는 자

누구세요? 거친 길로 와서
온몸에서 땀을 흘리는 당신들은?
우리는 가파른 언덕의 추수자들이요.
새벽에 출발해
바람을 거두었고
시간도
사바나의 풀처럼 솟아나는
환각도 거두었소.
밤이 이렇게 일찍 오지 않았다면
우린 낫으로 침묵을 베어 거두고
죽음과 돌도 거두었을 거요.

그리고 바다로 내려가서
파도와 진동을 끌어 모으고
다음엔 사막으로 가서
대추야자나무*를 쓰러뜨려버렸을 거요.

---

* 대추야자나무는 기독교 성경의 한국어 번역본에 자주 등장하는 종려나무와 같은 것이다. 그러나 우리나라 남부 지방에서 볼 수 있는 종려나무(Trachycarpus excelsa)와는 다르다. 우리나라의 종려나무는 열매를 먹을 수

오, 내일은 정말 괴상한 추수를 할 거라오!
정말 괴상한 추수를!

없는 반면, 대추야자나무(phoenix dactylifera.L)의 열매인 대추야자는 아랍
에서 중요한 식품이다. 사막에서 길을 잃은 사람도 대추야자 다섯 알이면
하루를 버틸 수 있다고 한다.

나는 당신의 형제가 아니오

나는 당신의 형제가 아니오.
우리 둘 같은 자궁에서 나오긴 했소.
그러나
당신은 울음소리로 축하연을 개시한 신생아이고
나는 개에게 던져진 태반이오.
어떻게 내가 당신의 형제일 수 있겠소?

튤립

튤립을 심을 때. 알뿌리를 흙에 묻고 내년 이월까지 잠자게 해야지. 누가 잠이 작은 죽음이라 했나? 잠잔다는 건 대단한 발상이야. 잠은 죽음의 적이야. 그런데 죽음 말고 튤립에 대해서 얘기할게. 그 늑골 모양의 컵에 대해, 그리고 그 모호한 이름에 대해서. 그 심장에 있는 돌멩이에 대해서 얘기할게. 튤립의 심장은 반짝이는 부싯돌이야. 꽃잎이 비단 같지는 않지. 비단이 되기를 꿈꾸는 건 장미이고, 튤립은 부싯돌을 꿈꿔.

튤립 알뿌리야, 땅에 묻어 죽음과 잠 사이에 머물게 해줄게. 내 안에 묻어 단단해지게 해줄게. 이렇게 내 심장은 돌이 되고, 내 입은 부싯돌이 된단다.

시월이 되면, 나는 화분을 손톱으로 파서 부싯돌이라는 생각을 심는다.

손바닥

손바닥을 오므려 작은 구덩이를 만든다. 이 구덩이에 빗방울을 받아 내 입술을 축일 수 있다. 나비가 거기서 쉬게 할 수도 있다. 그런데 나는 이걸 죽음의 둥지로 쓰기로 한다. 빵 조각 하나 그 안에 떨어뜨려, 죽음의 새를 부른다: 이리 오렴, 회색 새야. 네가 먹을 빵이 내 손아귀에 있단다. 이리 오렴, 이 작은 홈이면 나와 네게 충분하단다.

매

매가 아는 오직 하나의 진실은 자신이 포식자라는 것이다. 그 밖에는 다 사소하다.

그는 긴장과 경계를 안다. 그러나 죽음은 모른다. 죽음은 의식의 쓰레기이다. 그는 쓰레기 따위에 신경 쓰지 않는다.

신은, 물론, 매가 반드시 죽으리라는 걸 안다. 날개가 부러지리라는 걸. 그러나 매는 모른다. 알 필요도 없다.

왜냐하면, 매의 입장에서는, 죽음이란 존재하지 않기 때문이다. 매는 영혼이 없다. 환희와 경계심으로 떠는 날개가 있다. 그게 다다.

매는 날개만 생각한다. 영혼은 휴지통에 버려질 쓰레기이다.

*

매는 공중에서 비둘기를 발톱으로 낚아챈다. 그건 사냥이 아니다. 죽음을 시험해서 실감해보려는 것이다.

매여, 다른 신체에 담긴 죽음을 느낄 수는 없다네. 게다가 인간만이 죽음을 의식하는 유일한 존재라네. 이 때문에 슬퍼하지는 말게. 자네는 죽음을 의식할 필요가 없네. 이 생각을 갖게 되면, 콘크리트와 돌로 된 날개로 하늘을 날아야 할 거라네.

죽음은 점자로 읽혀야 한다네. 그건 자네의 몸에 손톱으로 새겨져 있어, 맹인이 점자책을 읽듯 그 깊은 흠집을 손가락으로 더듬어야 하네.

개미

사랑은 정말로 한 마리 개미.
막대기에 붙어 있고.
막대기는 한 아이의 손에 들려 있고.
아이는 막대기를 까딱거리고.
개미는 손에 다가갈 가능성이 없고.

급히 날아가는 새의 날개에서

급히 날아가는 새의 날개에서 가을이 떨어졌습니다. 의사가 내 가슴에 손을 얹어 심장을 진단하고 말하듯이: "당신의 병은 절망이군요. 그래도 괜찮아질 겁니다."

내 병이 절망이며 치료제가 가을임을 나는 알고 있었습니다. 그러니 창문을 열어둡시다. 가을꽃을 보고 싶습니다. 문도 열어둡시다. 미치도록 붉은 부겐빌레아를 보고 싶습니다.

당신은, 마당에서 바람이 아이처럼 깡충대는 소리를 들어보세요. 날아가는 철새들의 날개 아래 흰 구름을 쳐다보세요. 이것들이 가을의 신호랍니다.

가을의 철새들은 나를 위한 두 가지 약속을 날개에 싣고 있습니다. 한 가지가 아닙니다. 첫번째는 내 무덤을 열고 말할 거라는 것: "일어나라, 예수께서 부활하셨으니." 두번째는 천둥과 비로 나를 후려치리라는 것.

황새

황새는 이름이 없다.
힘든 여정에 여분의 짐을 질 수가 없다.
'이름'이라는 짐은 날개를 부러뜨릴지도 모른다.
이름도 없이 그들은 다만
날고 또 난다.
치솟고 또 치솟는다.

황새는 이름을 받지 않는다.
이름을 준다.
제 아래 바다에 푸른 이름을 주고
제 위의 구름에 흰 별명을 준다.
상대를 찢어발길 것처럼 달려들어 이름을 준다.
황새는 제 이름을 스스로 짓기조차 싫어한다.

황새가 이름으로 쳐줄 만한 유일한 단어는 '화살'
한낮에 황새는 우짖는다:
나는 깃털 달린 화살.
내 날개는 허공을 자르는 가위.
내 부리는 하늘이라는 관에 구멍을 뚫는 드릴.

작은 별

누구나 하늘에 제 별을 갖고 있다.
금화처럼 작은
제 별을 잃어버린 사람은
자신을 잃는다.
제 별을 찾은 사람은
그것을 오른쪽 눈썹에 올려둔다.
낙타를 타고 그 빛을 따라간다.

나는 나의 작은 별,
빛의 동전을 찾았다.
운 나쁘게도
그것을 오른쪽이 아닌 왼쪽 눈썹에 올려두었다.
나는 자신을 잃었고
나 자신은 나를 잃었다.
나와 낙타는 목말라 은하수 아래 졌다.

맨발

새도 꽃도 없다, 시에는.
한 발에 신을 신은 사람만 있다.
다른 발은 맨발
그는 한 발의 신을 벗어야 할지 맨발에 신을 신어야 할지
모른다.
아무도 그를 기다리지 않고
그는 누구도 기다리지 않는다.

그에게 이름이 있어
그게 제 이름임을 확인하려고 그는 그 이름을 부른다.
다만 맨발의 문제를 스스로 해결하기 위해.

이제 문제는 끝났다.
꽃은 가지에 빛을 밝히지 않았고, 않을 것이다.
빛은 소처럼 진흙탕에서 휘청거린다.
권태를 깨려고 잠자리가 유리창을 긁으며 날아오른다.

밤이 내게

밤이 고맙게도 내게 성냥 한 개비 주었다오.

구덩이를 파서 불 지피고 노래하겠소.

당신들의 이름을 대주시오, 내가 칭송하도록. 나는 당신들의 어머니가 어둠 속에서 낳은 자.

내 머리는 향신료 시장, 방이 수없이 많은 궁전. 당신들이 모르는 노래를 내가 안다오. 나는 노새처럼 노래하오. 나는 뭐든지 다 먹소.

당신들은 나의 남매, 당신들 모두 나의 형제며 누이들. 이리 와 불가에서 나와 함께 마셔요. 우리가 도발할 것은 오직 모닥불. 나는 지혜가 아이처럼 울음을 터뜨리게 한 적이 있소, 절망의 석류를 깨서 그 빨간 이빨을 먹어버린 적 있소. 나는 당신들의 형제요. 족보에서 제외된 자요.

고무타이어에 불 붙여 발치에 굴리고 싶소. 해가 떠오르는 곳까지.

언어

매가 공중의 새들을 덮치듯 나는 언어를 생각하네. 부리로 낚아채서 발톱으로 찢어버리네.

아니, 그보다 약간 더 복잡하지. '영원한'이란, 예컨대, 엄청난 단어지. 손아귀에 가득 차는 돌처럼. 나는 이 돌을 던져 죽음의 이마를 맞추겠네.

'침묵'은 제 불을 제 입으로 꺼버리는 등잔처럼 연기 나는 단어.

매의 눈을 가리고 부리를 꿰매버리게. 그러지 않으면 대낮에 단어들이 짐승처럼 도살될 것이네.

한때 너를 사랑했지

한때 너를 사랑했지, 앨리스. 갇힌 말이 열린 들판을 갈망하듯 나 그랬지. 하지만 사랑은 소용없어. 사랑하는 자의 손은 부러지고 사랑 받는 자의 손도 부러지거든.

때로 나는 너의 포도주색 블라우스를 떠올리고 울어. 색깔은 나를 울게 해. 색깔은 기억이야. 비둘기도 기억이야. 그냥 새 말고 비둘기 말이야. 비둘기는 불타는 날개로 과거로부터 날아와서 우리의 얼굴을 태워.

네가 나를 사랑하지 않았다는 걸 알아, 앨리스. 그래도 그리 끔찍하지는 않아. 중요한 건 네가 너를 사랑하는 거야. 네 손을 고통 위에 올리고, 눈길은 꽃에 두는 것.

때로 너를 생각해. 영원의 가느다란 틈에 내 손을 집어넣고 너를 생각해. 꽃핀 복숭아나무 가지를 들고 너를 생각해. 그런데 실은 추억이 기껏 나온 나의 날개를 다시 부러뜨려.

어제 새벽에 나는 귀리 밭을 가로질렀어. 발이 이슬에 씻겼지. 너를 지우고 너의 기억을 지우는 데는 이걸로 족했어.

발이 고통을 지워. 걷는다는 건 삭제의 잔치야, 앨리스.

말은 열린 들판을 그리워하지만, 사랑은 닫힌 축사야. 앨리스.

포플러나무

강둑에 포플러나무가 묵묵히 서 있다.

아무도 그 노래를 듣지 않는다.

그것은 부를 노래가 없다.

이따금 건드리는 바람에 가지들이 사각거린다.

그러나 이건 노래가 아니다.

노래는 안에서 울려 나와야 하지

밖에서 까딱대는 손놀림으로는 되지 않는다.

조용한 포플러나무를 보는 이들은 그것이 노래는 신경 쓰지 않는다고 생각할 것이다.

잘 모르는 탓이다.

포플러나무는 고뇌하고 있으며 그 이유를 알고 있다: 그것은 열매를 맺을 수 없는 나무다.

물이 그 밑을 흐르고, 그것은 맺지 못할 열매를 위해 소리 없이 운다:

제 머리카락을 가져가세요, 신이여.

저의 쭉 뻗은 다리 한쪽을 구부려 불구로 만들더라도 열매를 갖게 해주세요.

출산의 고통을 내게 주세요.

그러나 신은 열매를 주지 않는다.

수수께끼 하나 던지고 각자가 혼자 풀게 한다.

수수께끼가 열매다.

각자 제 자궁으로부터 열매를 꺼내야 한다. 제 영혼으로
부터.

각자의 열매는 그의 노래이다.

한 점

철새들의 회오리에 휘말려
나 떠올라
그 속의 하나가 되어
새 떼가 움직이는 대로 움직이면서
다른 새들처럼 날갯짓.
한 마리마다 하나의 점,
수천 개의 점으로 이루어진 형상의 가장자리에서
나도 날갯짓하는 하나의 검은 점.
다른 점들과 함께 물결치며 오르락내리락.
어디로 가는지는 몰라.
내 일은 다만 나의 두 날개를 치는 것.
점들이 신에게로 가고 있을 수도 있겠지.
자기장을 시험하러 남극으로 가고 있을 수도 있겠지.
자살하러 깊은 계곡을 향할 수도 있겠지.
우리는 우리를 위해 우리 스스로 우리를 이루는
기하학적인 검은 점들이라서 목적지는 중요하지 않아.
한번은 우리 거대한 시무그*가 되고, 다음번에는 회오리

---

* 페르시아 신화에 등장하는 거대한 새. 이슬람의 수피 신비주의 문헌에는

나 화살이 되지.

어쨌든 한 가지는 내가 확실히 말할 수 있으니, 위에서
내려다보니 세상은 아름다워.
영혼 또한 아름다워.
아무것도 아닌 무리의 한 점이 될 때,
영혼은 아름다워.

이런 이야기가 있다. 전 세계의 새들이 모여 누가 왕이 될 것인지 논의하다
가, 전설의 새 시무그를 찾아서 왕으로 추대하기로 한다. 그들은 함께 먼
거리를 날아 시무그가 산다는 곳까지 갔지만 시무그는 거기 없었다. 그들
이 발견한 것은 호수에 비친 자신들의 모습이었다. 그들은 함께 하나의 거
대한 새, 곧 시무그가 되어 있었다.

모든 새가 노래하는 것은 아니다

모든 새가 노래한다는 것은 사실이 아니다.
어떤 새들은 전혀 노래하지 않는다.
고압의 긴장이 흐르는 전깃줄에 서서
머리를 왼쪽 오른쪽으로 돌린다.
왼쪽에는 바위가, 오른쪽에는 돌이 있다.
바위와 돌 사이에 있으니 그들은 노래할 수가 없다.
노래는 탄원이기 때문에라도 그들은 노래할 수 없다.
그들은 애원하거나 간청하기를 바라지 않는다.

노래는 바보 같은 새들이나 하는 짓이다.

진정한 새는 바위와 돌 사이에서 말없이 머리를 돌린다.

없는 것

나는 진흙덩이. 신이 화덕에 넣어서 굽고, 꺼내어 내 등짝을 후려치며 소리쳤다. 뛰어가라, 네 앞에 있는 길로.

나는 나무와 돌 틈을 굴러다녔다. 내게는 이름이 없어 땅에서 이름을 주웠다. 내 입은 말을 못해서 나무에서 말을 땄다. 좋았다.

전 좋습니다, 신이여. 제 이름이 땅이고 제 입이 열매라서.

그런데 없는 게 있습니다: 대추야자나무 밑에서도, 샘에서도 그걸 찾을 수가 없습니다. 그게 뭔지도 모르겠지만, 그거 없이는 견딜 수가 없습니다. 죽을 것 같습니다.

그래도 제게 주지 마소서. 아몬드를 손바닥에 놓아주듯 하지 말아주소서. 그게 뭔지만 말씀해주소서. 물고기라고 하소서, 그러면 제가 온 바다를 샅샅이 뒤지겠습니다. 별이라고 하소서, 그러면 제가 그 별을 위해 낮을 아예 없애버리겠습니다. 영양이라고 하소서, 그러면 제가 활과 화살로 그 심장을 겨누겠습니다.

뭔가가 없습니다.

저는 속이 빈 토상,

신이여, 제게 뭔가 없다는 것만 압니다.

낡은 옷

나는 낡은 옷을 버리지 않는다. 그걸 입고 거울 앞에 서서 그걸 입은 거울 속의 나 자신에게 미소 지었던 셔츠를, 어찌 내던지랴?

그래서 해진 옷들을 가방에 넣어 다락에 쌓아둔다. 그런 가방이 열 개도 넘는다. 파지도 상자에 모아둔다: 쓰다 만 시, 그리다 만 그림, 오려둔 신문기사들과 잡스런 낙서들.

일 년에 한두 번 나는 다락에 올라가 낡은 셔츠의 단추들을 만지작거리면서 몇 시간씩 보낸다. 간혹 주머니에서 종잇조각이나 씹지 않은 검을 찾아낸다. 빛바랜 종잇조각에서 고통스런 시들을 읽어낸다. 내가 발표한 시들보다 낫다. 자신에게 묻는다: 내가 이것들을 썼단 말인가? 내가?

그러고 나서 그대로 놔두고 사다리 타고 현실로 내려온다.

과거는 편안하게 낮잠 잘 자리를 얼마든지 찾을 수 있는 넓디넓은 땅이다.

내가 죽으면, 가방과 상자들은 나와 함께 무덤으로 가리라.

나와 다른 방향으로 가는 무빙 벨트에 과거를 올려둘 수는 없다. 공항에서 여행자들이 하듯이, 나는 그럴 수가 없다.

나는 혼자 여행하지 않는다. 내가 사랑한 얼굴들과 내 땀을 흡수한 셔츠들, 나를 고문했던 말들을 데려간다.

불만 없습니다

불만 없습니다. 내 이름은 긴 호격조사로 끝납니다: 자카리야아아. 내 술동이에 술이 조금 있습니다. 내 눈은 새들이 이따금 먹을 감을 수도 있는 웅덩이입니다. 그러므로, 모든 게 제자리에 있는 거지요.

그런데 너무나 좋아서 거슬립니다. 이건 깨지기 쉬운 완벽함입니다. 내부에 죽음을 가진 아름다움입니다.

초원에 말이 있어서 거슬립니다: 등에는 햇살이 내리쬐고 입에는 풀이 가득 물려 있지요.

당신의 벌어진 입에 이름이 담겨 있어서 거슬립니다. 누구를 부를 것이며 누가 대답할 것입니까?

나는 불평하지 않습니다.

불평은 사물 자체로부터 나옵니다. 막 부화한 피투성이 병아리처럼 비틀거리며 둥지 밖으로 걸어 나옵니다.

─아랍어로 자카리야아아라는 이름은 긴 '야'로 끝나고, 그것은 누군가를 부르는 호격조사입니다.

불타는 덤불

불이 내 손을 잡아—어릴 적에 어머니가 그랬듯이— 길을 건네준다.

고집스럽게 불을 거스르는 나는 누구인가?

불은 내 손을 놓고—청년이 된 나를 위해 아버지가 그랬듯이—셔츠에 옮겨 붙는다.

그런데 내 몸에서 불을 꺼버리는 나는 누구인가?

불은 꺼질 듯 다시 붙는다.

나는 모세의 불타는 덤불

불길 속에 있으나 타지 않는다.

연기

우리 집을 지나면서
우리는 계단을 올라가지 않았다.
문을 열지도 않았다.
잠깐 서서
창문으로 나오는 비명소리를 들었다.
초를 구해 왔나?
아니, 우리는 빛도 온기도 구해 오지 못했어.
그럴 시간이 없었어.
당신이 짚단을 쌓듯 우리의 시간을 마당에 쌓아놓았고
누군가 손에 성냥을 들고 왔으며
우리의 날들이 타는 연기가 지상과 하늘을 가렸다.

이주

그들은 모두 갔다.
북쪽으로
가슴까지 차도록
풀이 무성한 땅으로.

옷가지에서 뜯긴 천조가리들
천막 줄 묶었던 말뚝들
뒤에 남기고.

그들은 모두 갔다.
어린애들을 나귀에 태워서
사내 녀석들에게 짐 바구니를 들려
양떼의 방울 소리 울리고
구름 한 점 하늘을 타오르는데

그들이 멀어져 가면 갈수록
길어져
천막으로 되돌아오는 그림자.
묵묵히 앞장서다

개들은 구부려
바라보았다.
거꾸로 흐르는 어둠의 강을.

개

바다에 팔을 던진다.
그것은 돌아와
주둥이를 내 발에 비비고
털과
턱에 묻은 거품도 비벼서
나를 적신다.
바다.
개.
배들을 뒤쫓아 가며 짖어댔니?
등대에 갔었니?
등대지기가 던진 뼈를 덥석 물었더니
목에 걸렸니?
바다.
개.
양쪽 해안을 오락가락하는
배를 타고 떠돌면서 영 돌아오지 않는 사람들을 보았니?
바위에 앉아 꼼짝 않는 사람들을 보았니?
바다.
나는 해변에서 머리가 젖어
짖는다.

성냥

쓰고 나서 나뭇개비만 남은 성냥
그게 나의 날들
날마다 한 개비 꺼내
타버린 머리의 재로 한 글자 쓰고
버린다.

성냥갑에 안 쓴 성냥이 있는 이들이 부럽다.
손으로 불을 일으켜서
그들은 세상을 위협할 수 있으니.

접시를 깨는 이유

　내 손은 접시를 잘 깬다. 하루에 한 개씩은 깬다. 여기 손이 접시를 들고 있는데, 내 영혼은 저 하늘로 솟구친다. 다만 당신에게 내 상황을 설명하기 위해 나는 접시를 깨는 거다. 접시를 깨는 것 말고는 달리 설명할 방도가 없는 일들이 있다. 나는 여기 이 밑에 있지만 내 영혼은 저 위로 솟구친다.

　오, 이 따위 믿지 마. 시는 거짓말을 한다. 사실 나는 손이 떨리고 다리를 전다. 그런데 시는 사물을 뒤집어놓는다: 절망에 날개를 달아 하늘로 날아오르게 한다.

기차역

당신을 기다리는 게 아니에요. 기차를 기다리고 있어요.

승강장에서 의자에 등 기대고 앉아 나는 기다려요. 손에는 아무것도 없어요: 책도, 휴대전화도. 기다려요. 당신이 기차일 수도 있겠죠. 난 모르겠어요. 상관없어요. 중요한 건 기차의 객실 문이 열려서 내가 창가에 앉는 거예요. 역무원이 호루라기를 부는 거예요: 쇠가 쇠를 문지르고 기차가 철로 위로 미끄러지는 것.

당신을 기다리는 게 아니에요. 다른 사람을 기다리는 것도 아니고요. 난 다만 기차를 기다리고 있어요.

누군가를 기다린다는 건 오래전 일이죠. 나는 뜨개질 바구니와 주전부리로 사탕수수를 챙겨 와서 기다리곤 했어요. 오늘은 빈손으로 앉아 있잖아요. 절망은 바구니를 만들지 않아요. 절망은 철로를 만들죠. 평행으로 달리면서 절대로 만나지 않는 두 가닥의 쇠줄을.

마침내 기차가 역으로 들어오네요. 문이 열려 나는 기차에 올라요. 창가에 앉아요. 호루라기 소리가 울려요. 내 텅 빈 눈 속에서 두 가닥의 쇠줄을 따라 기차가 가요.

울음

운다는 것은 유전적 결함이다.

예컨대, 버드나무는 천성적으로 울보다. 머리카락으로
얼굴을 가리고 운다. 아카시아 또한 몸통에서 붉은 수지를
흘린다. 다 쓸데없는 짓이다. 눈물은 참아야만 하는 법이다.

돌은, 이를테면, 온전한 유전자를 갖고 있어서 울지 않는
다. 그것의 유전자는 어떤 결락도 없이 완벽하게 늘어서 있
다. 총 또한 울지 않는다. 총은 유감스러워할 과거가 없다.
생각하면 눈물이 날 그 누구도 없다.

나로 말하자면, 울보를 미워하는 누군가와 친했던 적이
있다. 눈에 눈물이 그렁그렁한 사람들에게 그는 호통 쳤다:
"눈구멍을 닫아, 개자식아, 닫으라구." 그리고 그들에게 총
을 쏘았다.

눈물 한 방울 없이 그는 가버렸다. 인생의 막바지에 이르
러, 그는 제 발로 서 있기도 힘들었다. 바지의 지퍼를 내리
고 오줌발처럼 정신을 흙바닥에 내갈겼다.

울음은 잘못된 것이다. 운다는 것은 용서 받지 못할 실책
이다.

당신 손을 잡아

당신 손을 잡아 어둠 속으로 이끌려 했어요. 그런데 당신이 내 이름을 불러 왈칵 겁이 나고 말았죠. 마치 당신 안에서 나 자신이 튀어나오는 것 같았어요. 물고기처럼.

밤에 내 이름을 부르지 말아요. 내 새끼손가락에 당신 손가락을 걸면, 당신을 알아볼게요.

당신의 입술을 만지고 싶었지만, 당신의 이마에서 별이 하나 튀어나와 나를 부서뜨렸어요.

밤은 물고기예요. 낮은 죽은 어부죠.

뛰어가면서 너를 보았어

뛰어가면서 너를 보았어.

멈추어 네 손에 입 맞출 틈은 없었어.

내가 도둑이기라도 한 것처럼 온 세상이 나를 쫓아왔거든.

멈춰 설 수가 없었어.

섰다면 나는 잡혀 죽었을 거야.

그래도 너를 보긴 했어: 수선화 줄기를 물컵에 꽂아 든 너를. 네 입은 셔츠 앞섶의 빈 단춧구멍처럼 살짝 벌어져 있고, 네 머리카락은 날개 펼친 솔개처럼 날리고 있었지.

너를 보았어. 불을 피우고 빙빙 돌며 춤추면 좋았을 텐데 내 손에는 성냥이 없었어. 온 세상이 나를 끌어내렸어. 나를 버렸어. 심지어 나는 네게 손을 흔들지도 않았어.

하지만 언젠가 세상은 잦아들 거야. 정신없는 위성 채널들이 중단되고, 내 뒤를 쫓는 발들은 흩어질 거야. 나는 같은 길, 너를 보았던 그 길로 돌아갈 거야. 같은 자리에 앉아 있는 너를 찾아낼 거야: 손은 수선화이고, 미소는 솔개이며, 마음은 살구꽃인 너. 거기서, 네 살구나무의 그늘 아래서, 나는 고아로 이고 다닌 천막을 부수고 집을 지을 거야.

나는 지나가는 사람이 아니오

나는 지나가는 사람이 아니오. 여기 주민이오. 닭을 길렀소. 하늘에 별을 뿌리고 땅바닥에 등 깔고 누워 세었소. 하나도 빠뜨림 없이 세었소.

해가 떨어지더이다. 문에 뚫린 구멍으로 한 다발의 석양빛이 들어와 내 가슴에 꽂혔소. 빛이 나를 죽였소. 나는 빛에 살해당한 자요. 언어가 남쪽으로 기울더니, 나는 죽어 있더이다. 나는 언어로 살해당한 자요.

지나가는 사람이 아니오. 나는 여기 주민이오. 내 발로 길을 새겼소: 개미 떼처럼 오가면서, 내 발로 길을 다졌소. 쇠와 밀알을 내 턱으로 물어 날랐다오. 밤과 낮도 내 턱으로 날랐다오.

내게 며칠은 남아 있소. 내 몸에 둘려 있는 몇 가닥의 밧줄을 큰 쥐처럼 갉으려오.

돌아라, 내 위에서 맴도는 매야. 언덕 위를 맴돌아라. 나는 밧줄을 갉아 스스로 놓여날 테니.

좀생이별이 이울었소. 아침의 숨결이 내 얼굴에 끼치오.

내가 씨 뿌린 밀은 어디 있소? 내가 바람에 묶어둔 머리끈은 어디 있소?

나는 지나가는 사람이 아니오. 이 들판을 누볐소. 내 발등에 흙이, 내 혀에는 사랑하는 이들의 이름이 얹혀 있소.

사랑하는 이여, 내 이마에 둘러 묶을 주홍빛 비단 리본을 주오.

나의 부활을 살 플루메리아 꽃을 주오.

재갈

소년은 보았다.
검정말
이마에 흰 별 찍힌
검정말은
아무것도 쳐다보지 않으면서
한 발을 땅에서 들었다.
이글대는 태양 아래
초원은 짙푸르고
말의 앞 갈기 아래
별은 하얗게 타올랐다.
말에게 굴레는 없고
입에 재갈도 물려 있지 않았다.
그런데도 말은 씹고
또 씹었다.
머리를 채면서
입술에서 뜨거운 피가
흘러내리도록.
소년은 놀랐다.
검정말이 뭘 씹고 있는 거지?

혼잣말로 물었다.

뭘 씹지?

검정말은 씹고 있다.

기억의 재갈을

녹슬지 않는 강철로 만들어져

씹고 또 씹어야 할

죽을 때까지

씹어야 할

기억의 재갈을.

새벽

돌 위에 세워둔 등잔이 절로 꺼졌습니다.

이제 당신을 집에 안전하게 데려다드릴 시간입니다, 내 사랑.

그전에 내가 몇 마디 쓰겠습니다. 마지막으로 그마저 없는 거랑은 다르겠지요.

곧 새벽이 들판을 걸어올 겁니다. 그 목에 종을 달아주겠습니다. 그 앞에 제물로 말 한 마리 바치겠습니다.

내 사랑, 내 입은 당신 이름을 노래합니다. 하지만 내 심장은 나를 당신에게서 떼어낸답니다. 나한테 끈질기게 잔소리합니다: 사랑을 너보다 더 사랑할 능력이 있는 자들에게 맡겨라, 믿음을 그걸 간직할 수 있는 자들에게 맡겨라. 이런 말로 나를 떠밀어냅니다.

그렇습니다. 내 능력으로는 믿음을 감당할 수 없고 사랑도 너무 버겁습니다. 꺼진 등잔이 돌 위에서 연기를 피워 올립니다. 당신을 집에 데려다드리겠습니다.

당신께 내 유산을 남기겠습니다. 기울어진 대추야자나무를. 당신이 힘들여 따지 않아도 열매가 당신 손으로 떨어지도록. 내 물동이도 그늘에 내놔두겠습니다. 당신이 시원한 물을 마실 수 있도록.

내 안에 당신에 대한 희망은 없습니다, 내 사랑. 내 이마의 가리마로부터 떠오르는 해에게도 희망이 없습니다. 내 손가락을 태우는 석류석에도 없습니다.

돌 위의 등잔이 잠들었습니다.

내 품에서 사랑하는 이는 잠들고, 새벽은 들판을 건너오는 양 떼입니다. 그들의 목에 걸린 종이 흔들리며 웁니다.

만약에

내게 산딸기나무가 있다면
열매를 피처럼 흘리는
그 피로 내 날개를 칠하고
부리로는 그 달콤한 맛을 볼 텐데

내게 집이 있다면
문틈으로 햇살 비쳐드는
그 빛 속의 먼지 폭포에 내 영혼을 맡기고
빛으로는 내 이마를 어지럽힐 텐데.

내 심장을

내 심장을 진실에 묶어두고 싶었어. 입은 지혜에. 그러고 둘 사이에 신부처럼 앉아 있고 싶었어.

비웃지 마. 신이 내 혀짤배기 발음을 고쳐주고 내 말에 무늬를 찍어줄 거야.

메추라기 알처럼 만들어줄 거야.

바위를 오를 줄도 던져줘서 그 위에 내 집을 짓게 해줄 거야.

아둔한 신부를 비웃지 말라고. 그녀 손바닥의 헤나 문신과 발치에 앉은 자고새들을 봐. 그녀가 입에 문 마노를 봐.

오, 내 심장을 진실에 이어두고 싶었어. 신부와 꽃 사이에 앉아 있고 싶었어. 신랑과 그의 유리잔 사이에서 노래하고 싶었어.

간밤에 내린 비

간밤에 비 내려, 오늘 나는 정오에 언덕을 올랐다. 올리브 한 알 주워 손끝으로 눌러 짰다. 기름이 배어나와 손바닥으로 고름처럼 흘러내렸다. 맛보니 쑥만큼이나 썼다.

이 쓴맛의 삼분의 이는 올리브가 아니라 내 내면에서 나왔음을 안다. 모든 것이 파괴된 탓에 내 가슴속에는 엄청난 쓰라림이 있다. 내가 꿈꾸던 모든 것이 잔인함에 짓밟혀 뭉개져버렸다.

이것이 운명?!

수확기를 지난 올리브나무는 이제 검도록 농익은 열매만 달고 있다. 나는 언덕에 남은 단 한 명이다. 내일이나 모레 내릴 폭우는 식물의 뿌리를 그 은빛 입술로 더듬어 치료할 게다. 그리고 떠오르는 해는 도마뱀들을 바위 가장자리로 불러내 평화로이 기도하게 할 게다. 딱따구리는 딱딱한 둥치에 부리 박고 서서 구멍을 낼 게다.

내 경우에는 비가 와서 좋을 게 없다. 내 비명은 나를 사방으로 둘러싼 벽에 구멍을 뚫지 못한다.

노래

노래를 불러드리죠.

당신이 내게 청한 적 없더라도.

노래는 요구 받고 하는 게 아니랍니다. 저절로 차올라 넘쳐흐르는 거랍니다. 노래는 저절로 흩뿌려지는 거랍니다.

당신에게 노래를 불러드리죠.

당신이 누군지 모를지라도.

사람은 자기가 알지 못하는 걸 노래하기 마련이죠: 달 뒷면의 어두운 얼굴이라든가, 거울의 뒷문이라든가, 바위의 가슴을 닫아버린 절망이라든가.

후두음*이 없었다면 나는 이 언어로 노래하지 않았을 거예요. 다른 언어로 했겠죠. 나는 내 소리가 목구멍 깊숙이에서, 내 안의 빨갛게 달아오른 석쇠로부터 나오기를 바랐답니다.

남김없이 다 노래해드리죠. 당신에게 짖어대는 것처럼, 당신을 죽일 것처럼. 당신 손에 죽는 것처럼.

---

* 목구멍에서 나오는 거친 소리. 우리말에서 대표적인 것은 'ㅎ'이다. 아랍어에는 후두음이 많다.

모든 것이 시작이 될 수 있다

모든 것이 시작이 될 수 있다.
꿩의 긴 꼬리나
날개 잘려나간 돌멩이의 상처에서 시작할 수도 있다.
어쨌든 같은 점에서 끝난다.
닫힌 원
바깥에서 잠자기란 불가능하다.
꼬리 긴 새는 원주를 따라 난다.
꼬리 없는 돌멩이도 같은 원주를 돈다.
그런데 나는 반경에 걸쳐져
반쪽 날개로 원 안에서 돈다.
꽃과 돌 사이
잴 수 없는 최단거리를 재기 위하여.

돌아오다

대나무는 줄기 뻗어
위로 올라간다.
이파리도 뿌리도,
내리는 비조차 개의치 않는다.
높아지려고만 한다.
그것의 영혼은 하늘로 향하는 기둥이다.

내가 나무라면 직선보다 원을 택하리라.
뒤는 없는 것처럼 싹을 앞으로만 틔우되
그다음에는 구부려 되돌아오겠다.

돌아옴이 없다면
삶은 어리석은 대나무나 마찬가지다.
빈 관을 하늘로 뻗친 나무.

맹목

손가락에 낀 반지의 안쪽처럼
막다른
다른 손에 수갑 채워진 손처럼
막막한

보이지 않는 앞은
밤에 피어오르는 증기라서
나는 그것으로 나의 단지를 채운다.
암흑은 짐승이라서
나는 당나귀 타듯 그것을 탄다.

안 보여
내 두 눈이 연못에 빠져버렸네.
안 보여
내 두 눈이 눈구멍에서 달아나 목성을 돌고 있네.

묶인 결박 말고는
아무 연줄 없는
다른 반지에 납땜된 반지처럼

옴짝달싹 못하는

떼어질 가망도 없는

가을

마지막 포도송이를 움켜쥔 여름의 손을 가을이 벌려, 제 입으로 끌어당긴다.

언제나 얼근히 취해

취한 채로 목욕재계하고, 취한 채로 기도하고.

어떻게 된 일이야? 어쩌다 그가 코흘리개들의 놀림감이 되었지?

바람이 그를 꾸짖는 소리를 들어봐: 이봐요, 노망난 영감! 애들과 몰려다니다니 창피한 줄 알아요!

그래도 가을은 노망을 부끄러워하지 않는다. 바위에 앉아 병 주둥이에 입을 대고 술을 쭉 들이켠다.

날아가던 철새들이 그의 터번에 내려앉아 술을 함께 마신다.

나도 지팡이 짚고 그에게로 가서 술병을 받아 쭉 들이켠다.

취기로 바람에게 호통친다: 그가 뭘 어쨌다는 거야? 너 가을날의 멍청한 빗자루야. 그의 포도주도 신의 포도나무에서 나온 것이 아닌가? 닥치고 쓸기나 해!

가을과 나는 두 늙은이, 고집불통에 게으른데다 할 일도 없다. 우리는 한 쌍의 야생 염소처럼 언덕 꼭대기로 올라간다. 병에 입을 대고 술을 마시면서, 장엄한 황혼을 기다린다.

고통

그것은 탁자 위
주전자
후려칠 방망이가
내게는 없다.

*

아카시아 나무 밑에서
고통이 암낙타의 젖을 짠다.
아침거리와 저녁거리로
젖을 끓인다.

*

고통은 쪽수를 헤아릴 수 없는 어마어마한 책이다. 각자
얼마쯤은 읽어야 한다. 다리에 검문소가 있어 고통이란 책
에서 당신 몫을 읽었는지 검사한다. 적어도 한 문단이라도
읽지 않고서는 통과할 수 없다.

이 책을 굉장히 많이 읽은 사람들이 있다. 심지어 평생
이 책에 머리를 박고 산 사람들도 있다.

내 고통은 가벼웠다. 한줄기 바람 같았다. 지금 내가 기

억하는 한 그렇다. 바람 불어 나뭇가지 하나 부러뜨렸고, 걸려 있던 거울을 떨어뜨렸다. 그리고 나는 내 길을 지나왔다.

오, 거칠고 바위 많은 고통의 오솔길을 지나온 당신, 오, 고통의 책에서 수없이 많은 장을 읽은 당신, 몇 마디 적게나. 우리가 당신의 거대한 고통을 맛볼 수 있도록.

고통이 그 사람 뒤에 우리를 상기시킬 끼적거림을 남기지 않았다면 부끄러운 일이다.

바위의 얼굴에 물음표라도 새겨두지 않았다면 부끄러운 일이다.

각석

바위에 새겨진 짧은 글귀. 아마도 창끝으로 새겨졌을 글귀는 이렇다: "기다려, 내가 갈 테니. 도망치지 마. 나는 야쉬쿨이다."

야쉬쿨이 상대를 따라잡았는지 나는 모르겠다.

그러나 그의 예리하고 무서운 전언이 바위 위에서 여전히 번뜩이고 있음은 알겠다. 이천 년도 넘게, 마치 칼날처럼.

이는 말이 절대로 가볍게 여겨져서는 안 됨을 알리기 위함이다.

불가능

돌려보내주세요, 신이여, 우리의 어머니들을. 하루나 이틀 동안만이라도 돌려보내주세요. 우리는 어머니들께 모든 것에 대해 사과하고 싶어요: 우리가 앓았던 홍역과 열에 들떴던 그 긴 밤들에 대해서, 어머니들께 인생의 쓴맛을 느끼게 했던 우리의 고집에 대해서, 그리고 우리의 잘못된 존재에 대해서 말이에요. 우리 존재의 무의미함은 어머니들의 잘못이 아니었어요. 우리의 잘못이었죠. 어머니들은 동틀녘 번쩍이는 낫으로 밀단을 베면서, 방긋방긋 웃는 아이를 마음속에 그렸을 뿐이에요.

돌려보내주세요, 신이여, 봄날의 결막염을 우리의 눈에 돌려보내주세요. 우리는 세상을 다시 염증이 있는 눈으로 보고 싶어요. 그 빨갛게 된 눈으로 진실을 다시 찾아내고 싶어요. 봄날과 결막염을 함께 돌려보내주세요, 신이여. 진실과 그것에게 젖을 먹이는 염소를 함께 돌려보내주세요.

신이여, 우리에게 예전 머리를 돌려보내주세요. 꽃양배추의 꽃과 같았던 그 머리를 돌려보내주세요. 별들로 가득차 있던 그 머리를.

당신이 그렇게 해주시지 않을 줄 우리는 알아요, 신이여. 당신도 우리처럼 피도 눈물도 없는 법칙에 지배당하니까요. 그런데 불가능한 것에 대한 청구가 아니라면, 인생이란 무엇일까요? 불가능은, 신이여, 우리가 그 밑에서 태어난 나무예요.

후나이다

후나이다를 사랑했네.

나 그녀의 이름을 사랑했네. 사막의 검은 낙타 백 마리만큼이나 값어치 있는 그 이름을.

후나이다는 제 손으로 왕관을 쓴 여인. 그런데 그러고 그녀는 사라져버렸지. 그녀의 두 눈만이 두 마리 황새처럼 내 기억 속을 맴돌았네.

내가 상속 받은 모든 재산은 다 후나이다의 몫. 내가 쓴 시는 다 그녀를 위한 것.

이제, 사막에 흩어진 백 마리의 검은 낙타를 내 어찌 다 끌어모으랴?

후나이다는 말하리. "여기를 봐요. 자카란다* 나무 아래 내가 있잖아요."

하지만 자카란다 나무 밑에는 아무도 없으니.

후나이다는 어디로 흐르는지 내가 알지 못하게끔 경로를 갑자기 바꾸어버린 강.

---

* 남미 원산의 콩과 교목으로, 남아프리카, 지중해 연안 등지에 광범위하게 퍼져 있다. 잎이 돋기 전에 연보랏빛 꽃으로 하늘을 가린다.

나는 손가락을 꼽으면서 후나이다의 낙타들을 세네. 흰 낙타 백 마리가 다 내 손가락이니.

낮과 밤

낮이 창에 와 있다. 밤이 다른 창에 와 있다.

나는 둘 다에게 등을 돌린다. 밤이건 낮이건 내게는 아무 힘도 없다.

한번은 바람이 미친개처럼 나를 물어뜯었다. 나는 울부짖었다. 그게 처음이자 마지막으로 눈물이 내 뺨에 강을 이룬 때였다. 그 보복으로 신의 존재를 물어뜯기로 했다. 신의 어깨 위에 있는 거창한 장미를 배고픈 말처럼 먹어버릴 테다.

내게는 사랑하는 사람이 없다. 나는 카트*를 씹고 애벌레를 찢어버릴 줄만 안다.

그런 이가 있다 치자. 그에게 제 이름을 갖고 오게 하라. 내 열쇠고리에 그 이름을 달아 밤낮으로 달가대게 할 테니.

낮은 느시,** 내가 불태워버릴 테다.

밤은 느시, 내가 가위로 날개를 잘라버릴 테다.

잔인하다고 나를 비난하지 말라. 나는 부적, 나 자신을

---

* 북아프리카와 아랍 지역에 자라는 화살나무과의 상록 관목. 잎에 환각 작용이 있다.

** 들칠면조. 두루미목에 속하며, 몸집이 크고 다리가 길어 위풍당당하다. 전 세계적으로 멸종 위기.

인식하지 못한다. 나의 주문이 어디로 나를 이끄는지도 모른다.

정부가 돌들을 잡아다 감옥에 가둬버린다는 소리를 들었다. 나야말로 돌, 낮과 밤의 창문들을 깨버리는 돌이다.

밤은 감방, 낮은 다른 감방
둘 다로부터 내 얼굴을 돌린다.

나의 개가 묻기를

나의 개 키위가 죽기 한 달 전에 내게 물었다: "인간이 존재하는 이유는 뭔가, 자카리아?"

나는 답했다: "잘 모르겠네. 그래도 존재의 조건에 대해서는 내가 말해줄 수 있네. 인간은 눈물을 흘려서는 안 된다네. 눈물의 꼭지는 항상 잠겨 있어야 하네. 안에 차오르는 눈물을 흘려보내려면, 인간은 댓가지의 일곱 구멍에 손가락을 올려놓아야 하네. 그렇게, 댓가지가 그 대신 울 거라네. 시가 그 사람 대신 울 거라네."

그렇다네, 키위. 인간의 손은 일곱 구멍 뚫린 댓가지 위에 있고, 그의 영혼은 쇠 꼭지처럼 잠겨 있다네.

선인장

선인장을 심듯 우리 손바닥을 심고
기다린다.
오월이 오면 손가락 끝마다 황금빛 꽃이 피어나겠지.

이제 오월

나와 함께 셉시다: 하나, 둘, 셋.
세 송이뿐?
그래요, 셋뿐
엄지와 집게손가락은 신의 것.
신은 자신의 위대한 이름을 우리가 쓰게끔
그 두 손가락 끝을 비워두었죠.

2부

AKARIA MOHAMMAD

짧은 시

캥거루는 뒷발로 뛴다. 불을 피우려고 앞발은 비워둔다. 평원과 그 안에 든 모든 것을 불꽃이 삼켜버리면, 캥거루는 제 긴 꼬리에 앉아 불을 바라본다.

심장은 종이 독수리
바람의 수목원으로
활강

밤이 검은 꽃잎을 벌린다.
수박 덩어리들처럼
공포가 굴러 내려온다.

하늘의 흑판에서 불타는 별이 단 하나라도 있다면.

작은 희망이라도 있다면. 개코원숭이가 두 눈을 빛내며 바위 위에 앉아 있듯이.

밤은 검은 고양이
낮은 그것의 무모함

죽음은 대 부족. 그들의 말 떼가 갈기에 비를 맞으며 푸르른 초원에서 풀을 뜯지.

삶은 가련한 부족: 한줌의 대추야자와 한줌의 바람.

분노는 주막에서 술 취해 그릇을 깨뜨리는 고객.

기쁨은 허리 굽혀 깨진 조각을 줍는 점원.

엘리베이터에 둘만 있다. 당신과 거울 속의 말 없는 신.

층수가 바뀌는 동안 당신의 눈은 그의 눈을 쳐다본다. 당신의 개는 그의 개에게 짖는다.

침묵은 비둘기, 말은 닭들.

.

중요한 사원은 단 둘: 물과 대추야자, 나는 둘 사이에 부는 산들바람.

벌새는 새라는 발상의 첫번째 스케치. 두 손 모아 손뼉 치려 하지만 해내지 못하지.

그래도 모를 일, 벌새가 어느 날 양 날개를 모으는 데 성공해서 진짜 새가 될지도.

나도 어느 날 내 날개로 손뼉을 쳐서 시인이 될지도.

멈춰버린 금시계처럼, 그것을 호화로운 상자에 도로 넣는다. 상자를 닫아 서랍에 던진다: 희망.

내가 거의 살다시피 했던 곳
내가 타던 말
그의 폐로 내가 숨 쉬었던 친구
이들을 내가 어찌 잃을 수 있을까?

3부

ZAKARIA MOHAMMAD

산문

시와 토마토
—나의 시집들

시를 쓰기 시작했을 때, 시와 나의 관계는 결코 간단치 않았습니다.

두 가지 질문이 늘 나를 괴롭혔습니다. 첫번째 질문. 이 세상의 시에 내가 무엇을 더할 것인가? 아름다운 시편을 읽을 때마다 이 질문으로 내 가슴이 들끓었습니다. 어떻게 하면 이렇게 쓸 수 있을까? 어떻게 하면 이보다 더 잘 쓸 수 있을까? 이 질문 하나로 나는 심한 좌절감에 사로잡히기도 했습니다.

두번째 질문은 사회와의 관련성이었습니다. 시를 쓴다는 것은 할 만한 일인가? 시는 영향력이 있을까? 그렇다면, 그 결실은 어디에 있나? 내 손에 쥘 수 있어야 하지 않나? 시가 정말로 결실을 맺는다거나 시 쓰기가 할 만한 일이라는 증거가 별로 없었으므로, 나는 혼잣말을 하곤 했습니다. 시를 쓰느니 토마토를 심는 게 낫지 않을까? 토마토를 심고 몇 달 후면 멋진 빨간 열매를 볼 수 있습니다. 손에 쥘 수 있고, 깨물어서 그 경이로운 과즙을 맛볼 수 있습니다. 그런데 시의 열매란 내게 불확실했습니다.

나는 내 손으로 잡을 수 있는 열매를 원했습니다.

때는 행동의 시대, 사회적 의미를 추구하는 시대였습니다. 우리는 세상을 바꾸고자 했고 시를 그 변화의 도구로 여겼습니다. 시는 그런 힘도 에너지도 보여주지 않았습니다. 사실 시는 우리 손에서 고생했습니다. 우리는 우리의 짐을 과도하게 시에게 지웠습니다—오늘날에 그렇듯이 말입니다.

나와 시의 난감한 관계는 내 시집의 제목들로 유추될 수 있을 겁니다. 첫번째 시집의 제목이 『마지막 시들』(1981)입니다. 자연스럽기로는 '첫 시들'이어야 했을 텐데, 정반대인 이 제목은 당시 창작자와 작품 사이의 험악한 관계를 제대로 반영하고 있습니다. 사회적 의미가 있는지 의심스럽기 때문에 시를 그만 쓸지도 모르겠다고 배짱을 부리는 셈이었습니다. 첫말이 마지막 말이니, 그럼 나는 토마토를 심으러 갈지 결정해야 할 판이었습니다. 시와 사회의 관계가 사회 문제를 반드시 언급해야 한다는 식이라면, 이에 대해 나는 처음부터 절망적이었습니다.

이즈음 한 비평가가 내 시집이 '수탉이 낳은 달걀'이라고 신문에 썼습니다. 그 첫번째 시집이 마지막 시집이 될 거라는, 즉 이 시인의 시집은 더 이상 나오지 않을 거라는 뜻입니다. 전설에 따르면 수탉은 일생 동안 오직 한 개의 달걀을 낳는다고 하니까요. 그런데 그 비평가는 겉만 본 것이었습니다. 그 시집에서 소용돌이치는 존재와 의미에 대한 질문들을 알아채지 못했으니, 그의 평가는 상당히 엇나가고 말았습니다. 수탉은 달걀을 네 개 더 낳아 합쳐서 다섯 개를 낳았고, 이제 여섯번째 달걀을 낳으려는 참입니다.[*]

내 두번째 시집은 희망라고 할 만한 것을 담고 있습니다. 『수공예』(1990)란 제목이 보여주듯이 강박이 줄어들었죠. 이 제목이 제기하는 문제는 기능입니다. 사회적 의미에 대한 고민은 한동안 접어두고, 나는 기술 연마에 바빴던 듯합니다: 어떻게 하면 예술을 견고해지게 할 수 있을까? 짐짓 어려운 고민은 잊은 체하면서, 이 제목은 깎고 짜는 수작업을 찬양합니다. 나와 시의 관계가 끝장나지 않도록 유지시키려는, 또 침묵이라는 종착지까지 가버리지 않게 나를 붙잡아두려는 일종의, 그러나 일시적인, 해결책이었습니다. 싸우는 부부가 헤어지지 않기 위해 조정기를 가지고 서로

---

[*] 수탉은 여섯번째 달걀 후로도 두 개를 더 낳아 올해 2020년 초까지 도합 여덟 개를 낳았다. 시인의 여섯번째 시집부터 제목과 발간 연도는 다음과 같다. 『골무』(2014), 『마황』(2016), 『쥐방울덩굴』(2020). 일곱번째 시집의 제목 '마황'은 중국 북부와 몽골 등지에 분포하는 상록관목의 이름이다.

이해하려고 노력하듯이 말입니다.

세번째 시집의 제목은 『말은 아스카다르를 에둘러 간다』 (1994)입니다. 익히 알려진 터키 격언에서 따온 것으로, 이 격언은 해결책도 희망도 없는 경우에 쓰입니다. 마침내 나 와 시의 관계가 드러납니다: 이혼이 불가능한 천주교식 결 혼입니다. 불화와 긴장의 시기는 이제 끝나고 관계가 차분 해져 더 이상 골치가 아프지 않습니다.

시는 사회적 의미가 있습니다. 시는 작고 달콤한 과실입 니다. 그러나 시는 과중한 짐을 질 수가 없습니다. 우리가 너무 많은 짐을 지우면 시는 등뼈가 부러질 겁니다. 시는 섬세한 도자기처럼 깨지기 쉽습니다. 바로 그 연약함이 시 의 강점입니다.

그러므로 시를 부서뜨리지 않으려면 우리는 압박을 자제 해야 합니다. 시는 변화를 일으킬 수 있고 영향을 미칠 수 있지만, 그 대상은 몇몇 사람에게 한정됩니다: 시의 영향 은 눈에 띄지 않지만 깊습니다. 콕 집어내질 수 있는 것이 아닙니다. 오래된 아랍 시가 말하듯이, "가장 단단한 바위 위를 개미들이 다니면서 새겨놓는 길"과 같습니다. 또 옛 경구처럼, 시의 맷돌은 느리게 돕니다:

신의 맷돌은 느리게 돌지만
아주 철저하게 간다.

이 시집에서 나는 자유를 얻었습니다. 시집에 시와 함께 시의 초안과 주석을 실었습니다. 나는 비로소 내 목소리를 갖게 됐다고 느꼈습니다. 내가 바라던 곳, 간결함과 깊이 양자가 다 있는 곳에 나는 도달했습니다. 아마도 이 성취감이 나와 시의 관계를 정화하여 차분하고 부드럽게 만든 요인일 겁니다. 요컨대 사회적 의미에 대한 고민의 핵심에는 제 목소리를 찾는다는 문제가 있었던 것입니다. 제 목소리를 찾은 이들에게 시는 그 사회적 의미를 내보여줍니다.

이 시기에 시는 나를 다른 영역으로 떠밀어내기도 했습니다. 자기가 나의 처음이자 마지막 업임을 확신하자 시는 나로 하여금 나의 한계를 시험하도록 허락해주었습니다. 나는 사람에게는 한계가 없다고 믿습니다. 사람은 시인이면서 동시에 화가도 상인도 될 수 있습니다. 다만 시간과 노력이 필요하지요. 이 둘을 잘 운용한다면 사람은 원하는 대로 무엇이든 할 수 있습니다. 나는 그림과 조각을 시도하고 희곡, 소설, 어린이 책도 썼습니다. 그래도 나의 본업이 시임은 변함이 없었습니다.

나의 네번째 시집의 제목은 『열사병』(2003)입니다. 이 제목은 나와 시의 관계가 가장 깊은 뿌리에 다다랐음을 강조합니다. 나는 타오르는 시의 태양 아래 걸어왔고 햇볕에 머리를 강타 당했습니다. 이제 나는 시를 앓았습니다. 열사병에 걸려 좌우로 휘청거렸습니다. 마치 '라일라에 미친 사람 (Laila's Majnun)'*이 사막을 헤매듯이 말입니다.

다섯번째 시집 제목은 『바트 돌』(2008)입니다. 바트 돌이란 마법의 힘을 가진 하얀 돌로 그걸 쳐다보는 사람을 홀려버립니다. 한번 그 돌을 쳐다보면 절대로 시선을 돌릴 수가 없습니다. 시가 내게는 바트 돌입니다. 나는 도저히 시로부터 눈을 돌릴 수가 없습니다. 이는 죽어야 끝나는 관계입니다. 솔직히 말씀드리면, 시집에 이런 제목을 붙일 때는 나자신과의 연관성을 의식하지 못했습니다. 나중에야 나와 시의 관계가 그 제목대로임을 깨달았죠. 나는 몰랐지만 나의 무의식은 알고 있었던 것입니다. 시에서 제목은 단지 제목이 아닙니다. 이야기입니다.

---

* 아랍에서 자주 쓰이는 표현으로, 시인 카이스 이븐 알-몰라와(Qais Ibn Al Molawah)로부터 유래되었다. 그는 '라일라'라는 이름의 여인을 너무나 짝사랑한 나머지 미쳐서 사막을 떠돌았다. 사람이나 생각, 또는 사물에 대한 순수한 열정과 헌신을 뜻한다.

연꽃 먹는 사람들

예전에 나는 다른 이들의 종교를 거부했다.

내 것과 가깝지 않다면 말이다.

이제, 모든 형태의 종교를 받아들일 수 있다.

내 가슴은 가젤 영양이 머무는 목초지이며, 기독교 성직
자들의 수도원이고,

이교 신의 신상이 서 있는 사원이기도 하며, 무슬림 순례
자들의

카바*이기도 하다.

토라** 명판이며 꾸란 서책이기도 하다.

나는 사랑의 종교를 따른다.

---

* 이슬람 성지 메카에서도 가장 성스러운 장소.

** 유대교 경전.

사랑의 대상(隊商)이 어떤 길을 택할지라도

그것이 나의 길이며 종교이다.

—이븐 아라비*

구불구불한 강을 건너

저녁에 제주 4·3항쟁 희생자들을 추모하는 공연을 보러 노천극장으로 갔다. 한국 친구들에게 무대가 제일 잘 보이는 자리로 떠밀리다 보니, 우리는 관중석 앞 땅바닥에 앉게 되었다.

무대 위에서 북소리가 울렸고 무당을 중심으로 군무가 벌어졌다. 무당은 개막식에서 깊은 목소리로 전통 양식의 노래를 부른 남자였다. 무용수들은 손에 댓가지를 들고 있었는데, 가지마다 묶인 흰 천이 깃발처럼 나부꼈다. 무대 밑 땅바닥에는 다른 무리가 누워 있었다. 나는 그들이 4·3 항쟁의 희생자들을 상징한다고 생각했다.

이윽고 무대 위에 기다란 흰 천이 펼쳐졌다. 무용수들이 그 양쪽을 잡고 늘어선 천은 칠팔 미터는 될 것 같았다. 무당이 맨 끝에 서서 몸을 부대끼자 천이 조금 찢어졌다. 오렌지색 의상에 검은 모자를 쓴 무당은, 그 찢어진 부분을 파고들어 앞으로 나아가기 시작했다.

북이 울렸으며 북 장단에 맞추어 노래가 울려 퍼졌다. 무

---

* 13세기 아랍의 저명한 철학자이자 시인. 400여 권의 저서가 있다.

당은 천을 깊숙이 파고들었다. 그는 앞으로 전진하면서 천을 가르고 있었다. 천은 그에게 길을 열어주어야 했다. 무당은 우리 쪽으로, 관중석을 향해 왔다.

나는 혼잣말했다: 그는 강을 건너고 있구나. 길고 흰 천은 구불구불한 강이고, 그는 건너편 둑으로 나아가고 있구나. 무당은 자신의 빛나는 주황색 몸뚱이로 흰 물살을 가르고 있었다. 그는 건너편 둑에 닿아야만 했다.

추운 밤이었다. 낮 동안 겨울이 봄에게 양보를 해야만 했으나, 밤에는 그렇지 않았다. 무당이 차가운 물을 건너고 있다는 느낌을 한기가 북돋웠다. 북이 울렸고 노랫소리가 뒤따랐다. 무대 밑 땅바닥에서 죽은 자들이 움직이기 시작했다. 처음에는 딱딱한 움직임이었다. 무대 위에서 무당이 천을 가르며 나아가고 대나무 숲이 일렁일수록, 땅바닥의 사람들도 보다 자유롭게 움직였다. 드디어 그들은 일어서고 있었다. 깊은 잠을 이기고 깨어나고 있었다.

북장단은 말했다: 일어나소서, 사랑하는 사람들이여 일어나소서. 노랫소리는 외쳤다: 돌아오소서, 당신이 떠난 집으로, 잘 있으란 말도 없이 당신이 떠난 집으로. 댓가지들이 밤바람에 출렁였다.

무당은 천을 두 쪽으로 완전히 갈랐다. 그는 건너편 둑에 다다랐다. 그는 지금 산 자들의 둑에 있으며, 죽은 자들은 깊은 잠에서 깨어났다.

그들은 다시 살았다.

관중이 이 기적에 환호했다. 무대 밑의 죽은 자들은 다시 얻은 생명을 기뻐하며 춤을 추었다.

한국의 의식(儀式)과 고대 이집트 오시리스 제례의 유사성에 나는 놀랐다. 죽은 왕은—또는 누구든 죽은 자는—하늘의 구불구불한 은하수를 건너야만 한다. 그럼으로써 죽음을 떨치고 영생에 도달하는 것이다.

오시리스여, 물길로 가라. 네 영혼이여 까마득한 상류로…… 별이 바다를 건너듯, 너는 북쪽 하늘의 구불대는 물길을 건넜다.

바다를 건너는 별처럼 빛나는 오렌지색의 무당은, 제주 항쟁 희생자들의 영혼을 대표하여, 구불대는 강을 건너고야 말았다!

나는 자문했다: 한국의 제주도가 오시리스 제례와 매우 비슷한 고대 종교 의식을 이제껏 어떻게 간직할 수 있었을까?

무당은 죽음의 땅에서 제주 항쟁 희생자들의 넋을 불러 일으켜, 구불구불한 강을 건너 영생의 땅으로 인도했다.

뒤를 돌아보는 새

공연장에 도착했을 때 나는 팔레스타인인들을 대표해서 짤막한 추모사를 해달라는 부탁을 받았다. 나는 그런 일을 좋아하지 않는다. 무대 위나 앞좌석보다는 뒷좌석을 편하게 여긴다. 그래도 내게 이런 영광을 주려는 한국 친구들의 호의를 차마 거절할 수 없어 높다란 무대로 올라갔는데, 연설이 끝난 뒤에도 거기 남아 있으라는 귀띔마저 듣게 되었다. 왜 그래야 하는지 알지 못한 채로, 나는 내 앞에 온 마이크에 대고 이렇게 말했다.

제주도는 화산섬이다. 마치 화산처럼 언제라도 분출할 준비가 돼 있는 한국의 정신을 상징한다. 상황이 미심쩍게 전개될 때, 한국의 정신은 깨어나 경로를 올곧게 고치고야 만다. 제주도는 이 정신의 지킴이이다.

우리 팔레스타인인들은 제주도민과 48이라는 슬픈 숫자를 공유한다. 1948년, 제주도에서 학살이 자행된 해에 우리나라에서도 같은 일이 벌어졌으며, 국민의 절반이 나라 밖으로 쫓겨났다. 예루살렘으로부터 제주까지 닿는 긴 피의 끈이 한국과 팔레스타인을 잇는다. 팔레스타인에는 '필리스틴 새'라는 신화적인 새가 있다. 이 새는 앞으로 날면서 머리를 돌려 뒤를 바라본다. 지금 이 자리에 있는 우리 모두와 나의 조국 팔레스타인이 할 수 있는 유일한 선택은, 이 새처럼 하는 것이 아니겠는가?

뒤를 바라보면서 앞으로 달려가기.

우리는 망각해서는 안 된다. 또한 우리는 반드시 앞으로 나아가야만 한다. 우리는 비극적 과거를 잊어서도 안 되고,

미래도 잃어버려서도 안 된다.

나는 뒤로 물러나서 무대 위에 혼자 서 있었다. 밤공기가 더욱 차지는데 내 옷은 두텁지 못했다. 몸이 떨렸다. 몸속에서 뼈가 달그락거렸다. 다른 사람이 나와서 연설을 했으며 뒤로 물러나 내 옆에 섰다. 그는 나처럼 떨지는 않았다. 나는 내가 벌벌 떠는 걸 사람들이 알아챌까 봐 걱정되었다. 다행히 주최 측이 계획을 바꿔 우리더러 무대에서 내려오라고 했다. 어쩌면 그들은 내 처량한 꼴을 보고 가엾어서 이런 결정을 내렸는지도 모른다. 무대 아래도 추웠으나 바람이 내 가슴을 때리지는 않았다.

몇 차례의 연설이 지난 후에 우리는 촛불을 받았다. 이 촛불 때문에 우리더러 무대 위에 서 있으라고 했던 것일 게다. 촛불은 포도주 잔 안에 들어 있고, 잔 가장자리에는 내게는 아네모네처럼 보이는 붉은 종이가 둘러 있었다. 우리는 희생자들의 영혼을 위해 붉은 촛불을 들어 올렸다. 그들의 영혼은 촛불처럼, 아네모네처럼, 붉은 포도주처럼, 강을 건너는 별처럼 타올랐다. 나는 촛불을 제주의 희생자들, 그리고 그들과 짝을 이루는 팔레스타인의 희생자들을 위해 들어 올렸다.

공항 문 앞에서 부르는 노래

추모제가 끝난 뒤 나와 내 젊은 동료 마흐무드는 한국작가회의* 회원들 모임에 참석하게 되었다.

우리 식탁에 마주 앉은 네모진 얼굴의 젊은 남자는 눈이 마주칠 때마다 손님인 우리에게 아낌없는 미소를 보여주었다. 마흐무드는 내 귀에 속삭였다. "나는 저 사람이 좋아요. 저 웃는 얼굴이." 나는 동의했다. 가방에서 작은 도자 접시를 꺼내 그에게 주었다. "팔레스타인의 자그마한 기념품이에요." 크고 수줍은 미소가 그의 얼굴에 떠올랐다. "내게요?" "그럼요, 당신에게요."

'수'**는 우리에게 그가 시인이자 성악가인 '박'이라고 일러주었다. 그가 예전에 합창단에서 활동하기도 했다는 것이다. 나는 그에게 요청했다. "오늘 밤 당신의 목소리를 들을 수 있으면 좋겠군요." 그러나 모임은 전국 각 지회에서 모인 회원들을 소개하느라고 바빠 여흥을 즐길 새도 없이 끝나고 말았다. 자리에서 일어나면서 보니 그 친구는 다리를 약간 절었다. 우리는 제주에서 하루 더 지냈는데, 서로 지나칠 때마다 그 친구는 우리에게 활짝 웃어주었다. 우리도 커다란 미소로 답했다.

서울에서 온 작가회의 회원들이 먼저 돌아가야 했기 때문에 우리는 공항까지 그들을 환송하러 갔다. 버스에서 짐

---

* 당시 공식 명칭은 '민족문학작가회의'.

** 이 여행에 동행한 한국 친구들은 이 글에서 성씨나 별명으로 나온다. '수'도 그중 한 명이다.

을 내리는 동안 회원들은 공항 입구에 서 있었다. 그 웃는 얼굴의 남자가 우리 근처에 있다가 갑자기 말했다. "이 노래를 당신께 선사하겠어요." 나는 그의 말뜻을 알아들을 수 없었다. 그는 내게 갸우뚱할 시간도 주지 않고 즉각 노래를 부르기 시작했다. 깊은, 아주 깊은 목소리가 울려 나왔다. 강하고 따뜻하며 열정적인 목소리였다. 나는 그 목소리가 동굴, 깊고 깊은 동굴로부터 나온다고 느꼈다. 그것은 환대의 함성이었다.

"오, 세상에! 얼마나 아름답고 강한 목소리인가!" 나는 감탄했다.

그는 해냈다. 우리에게 선물을 주었다. 조그만 도자 접시에 대한 응답으로 우리는 이 사나이 내면의 거대한 동굴에서 울려 나오는 환대의 파동에 휩싸였다.

나는 그의 볼에 입을 맞추었다. 그것 말고는 그에게 사례할 다른 방도가 없었다. 그는 작별 인사로 손을 흔든 다음 돌아서서 약간 절룩이며 비행기를 타러 갔다. 내 마음속에 절름발이 예언자 마니*가 떠올랐다.

"마니, 깊은 목소리의 예언자."

나는 혼자 말했다. 그 돌발적인 노래와 그 사나이를 생각하면서 한동안 서 있었다. 그는 우리의 선물에 대한 감사의 표시로 자기 목소리를 들려줄 기회를 기다리고 있었

---

* 3세기 남부 이라크에서 활동한 예언자로서 마니교 창시자.

다. 그런데 그런 기회는 좀체 오지 않았으며, 그는 자신이 우리에게 선물도 남기지 못한 채 먼저 떠나야 함을 깨달았다. 그는 그게 공평하지 않다고 생각했다. 뭔가 해야만 했던 것이다.

실로 그는 뭔가를 해냈다. 공항 입구에서 우리에게 갑작스럽고도 아름다운 노래를 들려주었다. 그 수줍고 젊은 남자는 수줍음을 극복하고 공항 문 앞에서 우리에게 놀라운 노래를 들려주기로 결심했다. 그는 얼마나 용감했던가! 그의 노래는 어찌나 아름다웠던가!

큰곰자리

차는 우리를 희미하게 빛나는 연못 앞에 내려놓았다. 폭이 오십 미터쯤 되는 빛의 연못 주위로는 온통 암흑의 왕국이었다.

나는 사랑스러운 시냇물 소리를 들었다. 시냇물은 우리의 크고도 흥분된 목소리를 넘어 자기가 거기 있음을 알리려고 애쓰는 중이었다. 생각보다 가까워서, 나는 몇 걸음만에 가느다란 냇물에 다다랐다. 물가에 어떤 나무들이 있는지 알아내려고 냄새를 맡아보았다. 어둠 속에 유령처럼 보이는 윤곽은 무화과나무 같았지만 냄새가 전혀 달랐다. 집에서 나를 기다리고 있을 작은 개 '키위'는, 어떤 손님이 오건 그 냄새를 맡아보기 전까지는 의심스럽게 짖어대곤 했다. 시냇물은 내 신발을 킁킁거리고는 내 정체를 파악했다. 그리고 더 이상 우리의 소란스러움과 맞서 싸우지 않았다.

친구들에게 돌아가 내가 고개를 들었을 때, 아, 큰곰자리가 바로 위에 있었다. 일곱 개의 별들이 우리에게 닿을 듯했다. 북쪽이 아니라 남쪽을 바라본 줄 알았으므로 나는 놀랐다. 내 몸은 작은 빛의 연못가에 있건만, 내 방향감각은 여전히 거기, 내가 사는 라말라* 거리에 붙잡혀 있었던 것이다.

카노퍼스 별을 찾으려면 나는 반대 방향으로 돌아서야 했다. 차를 타고 오는 동안 내가 카노퍼스 얘기를 해도 '수'가 이해하지 못했으므로, 나는 그 별을 알려주려고 손을 들어 밤하늘을 가리켰다. 그런데 그녀는 내가 가리킨 곳에 있는 것이 오리온자리라고 고집했다.

그 별자리는 큰곰자리처럼 빛나지 않았다. 일직선으로 늘어선 세 개의 별은 꺼져가는 듯했다. 나는 맨 왼쪽 별을 가리키면서 카노퍼스라고 말했다.

내가 알기로는 그래야 했지만, 그 순간에는 확신이 들지 않았다. 왜냐하면 카노퍼스는 그보다 훨씬 밝아야 했기 때문이다. 게다가 나는 시리우스 별을 찾을 수 없었다. 위치로는 세 개의 별 밑에 있는 흐릿한 별이 시리우스여야 했으나, 나조차 미심쩍었다. 시리우스는 밤의 아들이다. 그것은

---

* 팔레스타인의 행정 도시.

하얀 불길처럼 타올라야만 했다.

카노퍼스는 고대 이집트의 신이자 왕인 오시리스의 별이다. 내가 카노퍼스를 제대로 찾은 게 맞는다면, 그때 그 자리에서는 그다지 영광스러워 보이지 않았다. 그것은 가물거렸고 거의 죽어가는 느낌마저 주었다. 일곱 개의 큼지막한 별이 반짝이는 큰곰자리가 보기에 더 좋았다. 그들은 젊고 살아 있었다. 그 자리에서 나도 내가 살아 있다고 느꼈다. 만약에 내 영혼이 밤하늘로 여행을 떠날 수 있다면, 그때의 나는 영혼을 카노퍼스가 아니라 큰곰자리로 보내고 싶었다.

내가 사는 라말라의 방향감각을 지우고 내가 서 있는 그곳, 한국의 구례라는 장소에 적응하기는 쉽지 않았다. 고대 이집트인들은 시리아의 오란테스 강을 처음 보고 경이로워했다. 그 강은 북쪽에서 남쪽으로 흐른다. 이집트인들로서는 그건 틀린 방향이었다. 모든 강은 또 다른 나일 강이므로, 나일 강처럼 남쪽에서 북쪽으로 흘러야만 했다. 그래서 그들은 오란테스 강을 뒤집힌 강이라고 불렀다. 이런 전통 때문인지 이 강은 아직도 아랍어로 반항적인 강이라고 불린다.

그 밤을 지낼 절을 향해 우리는 캄캄하고 가파른 언덕길을 걸어 올라갔다. 빛의 연못으로 굴러떨어지지 않기를 바라며, 나는 앞에 가는 '수'가 디딘 데를 조심스럽게 디디며 따라갔다.

진리의 거품

따뜻한 방에서 일행은 작은 탁자를 둘러싸고 앉았다. 내 동료 마흐무드가 방에 울리는 불교 음악에 대해 묻자, 인심 좋은 주지 스님은 즉각 그 음악의 시디를 선사하는 것이었다. 방바닥에 다리를 접고 앉는 데 익숙지 않아 애를 먹는 마흐무드를 위해, 스님은 다리를 연꽃의 꽃잎처럼 접는 연꽃 자세의 시범도 몸소 보여주었다. 마흐무드는 해낼 수 없었다. 그는 토론을 시작했다.

—승려로 23년 동안 수도하셨으니, 진리에 도달하셨습니까?

스님은 몇 마디로 답했다.

—저는 아직 노력 중입니다. 당신은요?

젊은 마흐무드는 스님과 대등한 경지로 대우받아 조금 부끄러워했다.

—저도 노력 중이지요. 진리를 향해 가는 길은 오직 하나라고 생각하세요?

—아니요, 그렇게 생각하지 않아요. 누구에게나 자기만의 길이 있지요.

—진리는 우리 안에 있습니까, 밖에 있습니까?

스님은 잠깐 뜸을 들였다가 말했다.

—나는 진리가 안과 밖 사이에 있거나, 안과 밖 양쪽에 있다고 생각합니다.

—우리가 한 번 진리에 도달하면 영원히 그런 겁니까, 아니면 되풀이해서 그것을 잡아야만 합니까?

　—나는 우리가 진리를 계속해서 발견해야 한다고 생각합니다.

　그때 내가 끼어들어, 위대한 페르시아 시인 알 아타르의 '시무그 새 이야기'를 전했다. 이야기에 따르면 새들은 왕이 없어서 불행했다. 새들의 왕이란 진리의 상징이다. 새들은 전설의 거대한 새 시무그를 찾아 왕으로 추대하기로 결정하고, 시무그가 산다는 멀고 먼 산으로 떠났다. 여행은 매우 고생스러웠다. 많은 새들이 추락했고, 또 많은 새들이 다쳤다. 마침내 그들은 멀고 먼 산에 다다랐으나 거기에 시무그는 없었다. 새들은 크게 낙심했다. 돌아오는 길에는 서른 마리의 새들밖에 남지 않았다. 그들은 모여서 큰 새의 형상을 만들었고, 마치 한 마리의 큰 새처럼 날았다. 그러자 그들은 깨닫게 되었다. 그들 모두가 함께 새들의 왕이라는 사실을. 진리는 단 한 번 찾아내면 끝나는 게 아니다. 거듭 추구해야 할 사명이다.

　그 자리에 있는 학승 또한 토론에 참가했다. 그는 내가 생각하는 전형적인 한국인의 모습과는 달리 키가 크고 두 눈이 얼굴 깊이 박혀 있었다. 그리고 부지런히 둥글리는 눈동자에 선의와 호기심이 가득했다.

　친절하고 우회적인 방식이긴 하지만, 그는 팔레스타인

인들이 저항을 위해서라도 폭력을 쓰면 안 된다고 말하려 했다.

그는 내게 물었다: 왜 그 사람들은 폭력을 쓸까요?

나는 잘잘못을 가리는 일 자체에 대해 그에게 반문함으로써, 토론의 방향을 바꾸기로 했다: 어느 쪽이 옳고 어느 쪽이 그른지는 가려져야 하죠. 그런데 그걸 누가 결정합니까?

학승은 답했다: 판사는 없어요. 우리 신앙은 모든 것이 함께한다고 믿고, 다 받아들입니다. 빛과 어둠, 선과 악, 사자와 그 먹잇감, 다 말이에요.

이것이 통역을 통해 내가 이해한 바였다. 나는 납득할 수 없었으며, 그에게 다시 물었다: 나하고 샤론* 사이에 누가 있죠? 둘 중 하나는 나쁜 게 틀림없어요. 나는 둘 중에 누가 옳고 그른지 판단을 내려줄 사람이 필요합니다. 만약에 내가 스스로 판단을 내릴 수밖에 없다면, 선도 악도 없을 겁니다. 나는 내가 옳다고 선포할 테지만 샤론도 똑같은 짓을 할 수 있으니까요.

학승은 자신의 견해를 고수했다: 나는 판사가 아니에요. 빛과 어둠은 진리의 양면입니다.

---

* 이스라엘 전직 총리. 팔레스타인과 이스라엘 간에 맺어진 '오슬로협정'을 거슬러 팔레스타인을 침공하고 점령했다.

나는 절실하게 토로했다: 이런 판결은 받아들일 수 없어요. 당신도 알다시피, 이것도 판결입니다. 소극적인 판결 역시 하나의 판결이고, 내가 생각하기로는 그런 판결은 나쁜 쪽에 유리하게 작용합니다. 나와 샤론 사이에서 적극적으로 판결을 내려줄 사람이 꼭 있어야만 해요. 선과 악이 한 형제라는 사고방식을 나는 견딜 수가 없어요. 나로서는 살육자와 그 희생자에게 똑같은 미소를 보내주기가 힘들어요.

학승은 판결을 내릴 준비가 되어 있지 않았다. 아마도 그는 나의 죄업을 정화시키려는 의도가 있었을 것이다. 폭력과 복수로부터 나를 멀리 떼어놓고, 이런 악들은 샤론에게 남겨두려고 노력했을 것이다. "악행은 샤론에게 맡겨두고 당신은 깨끗하게 사세요." 이것이 그의 목표가 아니었을까? 내 짐작이 맞는다면, 그는 매우 복잡한 방식으로 샤론에 반대하여 나를 옹호하고 있었던 것이다. 어쨌든 나는 설득되지 않았다.

그에게 애걸했다: 나는 무엇이 옳고 그른지 판결이 필요해요. 이런 판결이야말로 내 안의 희망을 유지시키는 단 하나의 방식이에요. 희망이 없으면 폭력이 해결책으로, 어쩌면 유일한 해결책으로 떠오를 겁니다. 희생자로부터 폭력이 나온다는 것은 그때까지 정당한 판결이 없었다는 뜻입니다. 나도 빛과 어둠이 항상 같이 다님을 압니다. 하지만 나는 예언자 마니의 방식이 정당하고 공평하다고 생각

해요. 그는 빛과 어둠이 함께 있음을 알았지만, 자신의 사명이 어둠에 맞서 빛을 온힘을 다해 돕는 것이라 했습니다. 우리는 빛을 위해 싸워야만 하고, 빛을 찬양해야만 합니다.

학승은 빛과 어둠을 공히 인정해야 한다고 끝내 주장했다. 그는 빛의 친구도 어둠의 적도 아니었다. 그러나 빛과 어둠은 선과 악의 비유이다. 선과 악에 동일 부호를 붙여 준다는 것이 나로서는 받아들이기가 너무 어려웠다. 주지 스님은 토론을 방해하지 않으려고 묵묵히 듣고만 있었다.

나는 학승에게 요청했다: 적어도 내게 이렇게 말해주세요. 나는 죽어서 연꽃으로 환생하고, 샤론은 죽어서 전갈로 환생할 거라고 말이에요. 이렇게만 말해준다면 나는 만족할 거예요. 이런 유예된 판결, 이런 식의 상징적인 판결이라도 받아들이겠어요.

갑자기 주지 스님이 입을 열어 그의 판결을 내렸다. 그는 학승에게 마음껏 주장을 펼칠 시간을 주었다. 그 또한 판사의 역할을 하기를 꺼렸다. 승려로서 그의 사명은 판결을 내리는 것이 아니라, 남의 말을 듣고 이해해주고 사랑을 베푸는 것이기 때문이다. 그러나 그는 자기의 말을 해야 할 때가 왔음을 느꼈고, 그 말을 했다: 악의 제국은 머지않아 무너질 겁니다. 그건 무너져야만 합니다.

악의 제국이 무엇을 뜻하는지 내게는 명백했다. 이스라

엘과 미국이 아니고 뭘까. 더 이상 명백할 수가 없었다.

축복 받은 승려는 살육자와 희생자 양쪽에 동시에 큰 미소를 보내줄 수가 없었다. 그는 격려의 미소를 샤론이 아니라 내게 보내주기로 했다.

한 문장으로 그는 사자를 잡았다.

정말로 그는 내게 사자를 잡는 정교하고도 완벽한 방법을 가르쳐주었다. 위대한 수피즘 시인 알 할라지*에 대해 역시 위대한 시인이자 수피인 루미**는 말했다.

할라지로부터 나는 사자 잡는 법을 배웠다.

그러나 나는 사자보다 더 배고픈 존재가 되었다.

나 또한 주지 스님의 입에서 나오는 진리를 얻으려고 사자보다 더 배가 고파졌다.

그를 살펴보았다. 그는 안경을 쓰고 있어서 승려라기보다는 의학도 같은 인상을 풍겼다. 그리고 연꽃 자세로 앉아 있었다. 나는 그의 내면에 깊은 강이 흐르고 있다고 상상했다. 이 강으로부터 연꽃이 올라와 그의 얼굴에서 피어났다. 그의 얼굴은 활짝 핀 연꽃 같았다. 작은 미소 하나하나가

---

* 9세기 말~10세기 초 이슬람 사상가. 그의 급진적 사상과 극적인 삶은 아직도 다양한 해석을 낳고 있다.

** 13세기에 활동한 페르시아 시인, 이슬람 학자, 수피 신비주의자. 그리스부터 남아시아까지, 국가와 인종의 장벽을 넘어 지대한 영향을 끼쳤다.

꽃잎이었다. 진리란 축복 받은 사람들 얼굴 위에 피어나는 연꽃이다.

그날 아침 나는 대학생들에게 문학 강연을 하면서, 시인이 얼마나 자기감정을 조절해야 하는지 이렇게 설명한 바 있었다: 나는 내 시가 바닷속에서 폭발해서, 수면에는 단지 거품만 떠오르기를 바랍니다. 그 거품을 보고 독자들은 저 깊은 데에서 큰 폭발이 있었음을 알아챌 겁니다. 좋은 시는 독자들 앞에서 폭발하지 않습니다.

시인과 승려의 차이는 무엇인가? 둘 다 깊은 물속에서 무언가를 가져온다. 시인은 폭발하는 시를 가져와야 하고, 승려는 그의 하얀 꽃을 가져오려 한다. 그것은 아주 아름다운 꽃이다. 그러나 나는 그것이 떠오를 때 수면에 이는 거품을 볼 수가 있다. 바닷속에서 빛과 어둠의 치열한 싸움이 있었다는 뜻이다.

세상을 토하기

주지 스님의 판결로 우리 모두 진정되었다. 천진한 얼굴의 학승 또한 토론을 즐긴 기색이었다. 수도자로서 세상으로부터 고립된 그에게 외부, 더구나 먼 나라에서 온 사람들과 나누는 대화는 좋은 양식일 터였다. 솔직히 말하자면 그 대화는 내게도 좋은 양식이었다.

주지 스님이 다시 고요히 귀 기울이는 가운데, 학승은 화제를 바꾸었다: 40일 동안 암자에서 혼자 수련하고 나서,

나는 얼마 전에 절의 일상으로 돌아왔습니다. 내 방으로 들어오자마자 텔레비전을 켰지요. 화면 앞에 앉아 보기 시작했어요. 채널을 이리저리 돌리며 보고 또 봤어요. 모든 걸 보고 싶었어요. 화면을 도저히 끌 수가 없었어요. 일주일 동안 나는 자지도 않고 텔레비전만 봤답니다.

오, 맙소사! 맙소사! 한숨도 안 자고 일주일 내내 텔레비전을 보다니!

몇 주 동안 고립된 후에 그는 세상에 대해 허기를 느꼈을 것이다. 그는 세상을 삼키기를 갈망했으며, 그에게 세상은 텔레비전 속에 있었다. 절에는 다른 세상이 없는 탓이다. 그는 신물이 날 때까지 텔레비전을 보고 또 보았다. 세상으로부터 몇 주간 이탈하고 나서 그는 세상의 양식으로 위를 가득 채워야만 했다.

나는 나 자신에게 물었다: 세상의 양식을 버려야 할 필요는 무엇일까? 텔레비전을 보면서 다시 그 양식을 소비해야 하는데.

엄청나고도 끔찍한 텔레비전 시청 후에 그 학승도 똑같은 질문을 자신에게 던졌을 것이다. 나는 그리스 작가 카잔차키스의 글 한 단락을 기억해냈다. 어렸을 때 그는 체리를 지나치게 좋아했다. 늘 체리가 먹고 싶어 다른 일을 할 수 없을 지경이었다. 그 열망을 단번에 또 완전히 제거하기 위해, 그는 한 바구니 가득 체리를 담아 아무도 없는 장소로 갔다. 거기 앉아서 그는 먹었다. 그는 구역질이 나서 토할 때까지 먹었다. 그 후로 그는 체리에 대한 열망에서 놓여났다.

그 학승은 그렇게 하려던 것이었을까? 텔레비전으로 세상을 삼킴으로써 세상에 대한 열망을 없애려던 것이었을까?

글을 쓰기 위해 나흘쯤 온전히 집에 틀어박히고 나서 내가 느끼는 감정이 이와 조금이라도 비슷하리라. 나는 필사적으로 집에서 뛰쳐나가 아무라도 찾는다. 거리에서 마주친 사람이 아무리 한심한 작자일지라도 나는 말을 걸고야 만다.

젊은 학승은 진리를, 신이나 그의 내면에 있는 어떤 것을 찾고 있었다. 아랍의 수피 할라지는 말했다. "나는 신이다." 이 선언으로 그는 십자가형을 당했다. 진정한 그리스도가 되기 위해 그가 스스로 십자가형을 원했다고, 어떤 이들은 얘기한다. 이슬람교에서는 그리스도가 십자가형을 당하지 않았다고 믿는데, 신이 자기 사람을 십자가형을 당하도록 놔둘 리가 없다고 생각하기 때문이다. 그런데 할라지는 완벽한 그리스도가 되고자 했으며, 그에게 완벽한 그리스도란 십자가형을 당한 그리스도였다.

한국의 학승은 십자가형을 원하지 않았다. 그는 경험이 아니라 진리를 구했다. 그는 진리에 이르기 위한 자기 어머니의 방식에 만족할 수 없었다. 어머니의 방식은 단순하고 직접적이었다: 예불과 공양. "다른 길이 있을 거야. 반드시 다른 길이." 그는 되뇌었다.

그는 차라리 제 머리를 벽에 부딪치고 싶었다. 진리에 도달하는 훨씬 납득할 만한 길이 반드시 있어야만 했다. 그런데 그의 득도란 일종의 적발 같은 것이다. 진리는 그의 안에서 춤추고 있고, 그가 잘 보고 있다가 낚아채는 식 말이다. 그러나 주지 스님의 진리는 그렇지 않다. 그것은 안과 밖에서 춤추고 있다. 진리의 한쪽 다리는 안에, 다른 쪽 다리는 바깥에 있다.

김이 겪은 세 가지 날씨

숙소에서 다섯 잔째의 술잔을 비운 후에, 나는 좌파이자 마르크시스트인 내 친구 '김'이 어떤 의미로는 불교도이기도 하다는 사실을 알게 되었다. 모든 사람은 술 다섯 잔째 이후로는 어떻게든 달라지기 마련이다. 그는 자기가 불교의 가르침을 따른다고 실토했다. 그에게 마르크시즘과 불교는 대등한 가치가 있었다. 둘 다 자유와 정의에 대한 추구이며, 그는 자유와 정의를 위해 싸우는 투사였다.

그는 자신의 구도 여행을 이야기해주었다. 구도 여행이라고는 하지 않고 히말라야 산에 올랐다고만 했는데, 나는 들으면서 그 또한 진리를 찾고 있었다고 느꼈다. 그는 영어로 말했다.

산에 오르고 또 올라 꽃이 지천으로 핀 고지에 다다랐다.

그곳은 황홀했다. 나는 무척 행복했다. 좀 더 오르자 꽃들이 사라지고 설경이 펼쳐졌다. 어딜 돌아보나 눈뿐이었다. 나는 꽃에 둘러싸여 행복했듯이 눈 속에서 행복했다. 서양인들 몇이 나를 지나쳐갔다. 그들은 히말라야의 정상을 정복하기 위해 서두르고 있었다. 나는 아무것도 정복하고 싶지 않았다. 내게는 자연과 싸우려는 마음이 없었다. 그저 행복했다.

그는 영어가 유창하지는 않았으나 목소리가 깊고도 호소력이 있었다. 언어의 장벽이 그에게는 문제가 되지 않았다. 그가 진리라는 산의 꼭대기를 향해 올라간 것은, 자신의 두 팔로 진리를 끌어안기 위해서였다.

나는 생각했다: 이것이 아시아와 서구의 차이이다. 서구인들은 늘 정복할 대상이 필요하다. 그들은 정복이라는 개념 없이는 살 수가 없다. 적이 없으면 그들은 격퇴하고 정복할 새로운 적을 만들어내야 한다.

'김'은 아무것도 정복하려 들지 않았다. 주지 스님처럼, 그도 진리를 보려고 노력할 뿐 그 이상을 원하지 않았다. 뭔가에 잠시 주의를 팔았다가 내가 '김'에게 다시 귀 기울였을 때, 그는 히말라야에서 하산하고 있었다. 그는 말했다.

강한 햇볕이 내 머리를 때렸다. 산소가 적은 바람은 내 가슴을 때렸다. 그리고 눈 속에 묻힌 내 발은 꽁꽁 얼었다. 나는 동시에 세 가지 날씨를 겪고 있었다. 나는 해와 눈과 바람

속에 있었다. 나는 기진맥진했다. 죽고 싶었다. 오직 죽고만
싶었다.

새벽 세시였다. '김'이 네시까지 자기와 함께 버티다가
뒷산에 오르자고 제안했다. 나는 너무나 피곤해서 그럴 수
가 없으므로 자리에 누워 잠이 들었다.

마흐무드와 몇 명은 '김'과 함께 산에 오르기로 결심하고
밖으로 나갔다. 몹시 추웠지만 그들은 담배를 피우면서 버
텼다. 네시 십 분 전에 '김'은 십 분만 눈을 붙였다가 일어
나서 출발하자고 다시 제안했다. 아침에 마흐무드가 웃으
면서 내게 말해주었다. '김'은 그 제안이 충분히 합리적이
라고 생각했는데, 머리가 아니라 몸이 판단했기 때문이다.
피로한 육체가 주도하고 술로 몽롱한 정신은 복종했다. 그
들은 십 분이 아니라 다섯 시간 동안 잠이 들었다.

숙소를 나서니 어젯밤 우리가 그 부근에서 하차했던 작
은 빛의 연못이 내려다보였다. 연못은 산으로 둘러싸여 있
었다. 산 속의 샘에서 흘러내려온 작은 시냇물이 사랑스러
운 목소리로 웅얼거렸다. 어젯밤 그 물이 내 발치에서 콸콸
거렸듯이, 나는 그 물의 냄새를 맡았다. 시냇물과 나는 이
제 서로를 알았다.

우리는 절로 올라가 천천히 둘러보았다. 대웅전에 들어
가 금빛 부처님을 뵙고, 침묵 속에 한동안 앉아 있었다.

내가 본 바로 불교 사원이 다른 종교 사원과 다른 점은 그 규모다. 불교 사원들은 풍경을 지배하지 않는다. 그들은 아무도 이기려고 하지 않는다. 불교 사원은 여러 작은 건물들로 이루어져 있다. 사람을 압도하기 위해 거창한 규모로 통합되려 하지 않는다. 더욱이 나무들에게 건물 위로 고개를 내밀고 쳐다볼 기회를 준다. 나무가 절보다 꼭 높아야 한다.

반짝이는 초록, 노랑, 빨강 색채는 마치 아이들이나 꿀벌들을 불러 모으려는 것 같다. 절은 우울하거나 엄하지 않다.

연꽃 먹는 사람들

열시에 주지 스님이 어느 작고하신 할머니의 영혼을 위로하는 의례를 치렀다. 그의 목소리는 부드러우면서도 감동적이었다. 의례는 일종의 은은한 노래 부르기였다. 우리는 맞은편 건물 툇마루에 앉아 조용히 의례가 끝날 때까지 지켜보았다.

그리고 주지 스님께 작별 인사를 했다. 공경의 뜻으로 두 손을 모으면서, 나는 문득 절의 공양주가 차려주었던 아침 식사를 떠올렸다. 바닥에 다리를 접고 밥상 앞에 앉아 식사를 하다가, 나는 반찬 중에 둥그렇고 단단한 조각을 포크로 찍어 입에 넣었다. 달고 맛이 좋았다. 우리가 먹는 음식이 무엇인지 알려줄 준비가 항상 되어 있는 '수'에게 나는 그것을 물었다.

—연근이에요.

그리하여 나는 뿌리로부터 꽃잎까지 연꽃과 함께 있었다.

호머의『오디세우스』에는 연꽃 먹는 사람들이 등장한다.

오디세우스는 말했다.

아흐레 동안 혹독한 폭풍에 떠밀려서

물고기가 우글대는 바다를 건너

열번째 날에 연꽃 먹는 사람들의 땅에 닿았다.

그들은 연꽃의 과실을 먹고 산다 했다.

내가 부하 두 명을 골라

사자(使者)와 함께 보내니

그들은 가서 연꽃 먹는 사람들을 만났다.

그 사람들은 내 부하들을 해치려 하지 않고

도리어 연꽃의 과실을 주었는데

꿀만큼이나 단 그 과실을 맛본 내 부하들은

집으로 돌아가려는 욕망을 잃어

이렇게 보고했다.

—자기들은 거기 남겠다고.

귀향의 여정을 기꺼이 잊고

연꽃 먹는 사람들 속에서

연꽃의 과실을 먹으며 살겠다고.

나는 내가 연꽃을 먹어 집으로 돌아갈 염을 잃은 그 선원들 중 하나라고 느꼈다. 그리스인 오디세우스가 연꽃을 먹은 동료들에게 한 짓은 다음과 같다.

> 그들을 강제로 배에 태워서
> 노 젓는 의자 밑으로 질질 끌어다
> 가기 싫어 눈에 눈물이 가득한 그들을
> 거기에 묶어버렸다.

그러나 나는 우리를 차에 태워줄 '최'에게 말했다: 떠날 시간이군요. 그녀는 내 안에서 무슨 일이 벌어지고 있는지 눈치채지 못했다. 거기 좀 더 머물렀다가는 마흐무드가 나를 아무리 질질 끌어도 집으로 데려갈 수 없을까 봐, 나는 두려웠다.

우리는 출발했다. 나는 뒤를 돌아보지 않았다.

다행히 떠나기 직전에 마흐무드가 절의 돌담에 뭔가를 남길 수 있었다. 그는 돌담에 아랍어로 새겼다: 팔레스타인, 자카리아, 마흐무드.

그러면 우리는 떠나지 않은 것이다. 우리의 자취는 앞으로 몇 년은 거기 있을 것이다. 만약 우리 중 하나가 거기 다시 간다면 그 자취를 따라가야 할 것이다. 돌담은 기억할 것이다. 시냇물은 기억할 것이다. 그리고 산들은 거기 남겨진 우리의 영혼을 간직하고 있을 것이다.

잃어버린 사랑

산기슭의 마을 안에 '김'의 집이 있었다. 주민이 일곱밖에 안 되는 그곳을 마을이라고 할 수 있는지는 모르겠으나, 하여튼 아름다웠다. 그런데 '김'의 작은 집은 정말 처량했다. 아주 늙고 가난한 대장장이의 집처럼 보였다. '김'이 혼자 그 집에서 눈에 파묻혀 겨울을 났다고 생각하니 나는 오싹해졌다. 그는 그 얘기를 한 적 있었다.

자다가 너무 추워서 깼다. 나는 부엌으로 가서 불을 지피고 아궁이 앞에 앉아 있었다. 혼자였고 외로웠다. 아무도 없었고, 누구의 목소리도 들리지 않았다. 갑자기 나는 겁이 났다. 끔찍하게 무서웠다. 나는 아궁이 불 속에서 나오는 귀신들을 보았다. 그것들이 나를 짓눌렀다. 견딜 수 없어서 나는 뛰쳐나갔고, 얼어붙은 마당에 앉아 맥주를 마셨다. 그래도 공포는 가시지 않고 추위가 뼛속까지 사무쳤다. 나는 차라리 강으로 가기로 했다. 섬진강으로 내려가서 강가에 앉아 또 맥주를 마셨다. 나는 죽어가고 있었다. 죽고 싶었다.

나중에 나는 알게 되었다. '김'의 연인이 그를 떠났다.

오토바이 여행자

내가 듣기로, 우리는 오토바이로 앞장선 '이'의 일곱 아이들을 만나러 가는 길이었다. 나는 속으로 아이들이 좀 많지 않나 했다. 산중턱에 외따로 있는 '이'의 집에 도착해서야 그 말이 농담이었음을 알았다. 거기 '예쁘'라는 개가 낳은 강아지 일곱 마리가 있었다. 차에서 내리자마자 몰려간 우리를 자그마한 어미 개는 반기기는커녕, 우리로부터 새끼들을 지키기 위해 개집으로 황급히 뛰어 들어갔다. 심통난 소녀 같았다. 우리가 얼씬거리기만 해도 어미 개는 개집 앞을 막아섰다. 우리는 강아지들의 털끝도 볼 수 없었다.

우리 주위를 맴도는 '나무'라는 개는 다리를 절었다. 아랫마을 개들한테 공격당해 앞발 하나가 부러졌다고 했다. 우리가 어떤 사람들인지 궁금한 나무는 햇살 내려쬐는 문 앞에 내가 앉자 조심스럽게 다가왔다. 나와 친해지고 싶은 듯하면서도 결코 경계심을 늦추지 않았다. 아마 부러진 다리가 그 개를 그렇게 만들었을 것이다. 나의 개 키위를 집에 데려왔을 때 공교롭게도 이스라엘 탱크가 라말라에 들이닥치기 직전이었으며, 키위는 고작 3주밖에 안 된 강아지였다. 가엾은 어린것은 탱크와 대포 소리에 침대 밑으로 기어들어 떨었다.

조금씩 나무는 풀어졌다. 나는 부드럽게 불렀다: 이리와, 나무야. 괜찮아. 나도 라말라에 너 같은 아들이 있단다. 나무는 내게 왔고, 나는 그의 흰 얼룩 섞인 고동색 등에 손을 올려놓았다. 햇볕이 따가워졌다. 열기를 피해 나무는 내 다리 밑 그늘에 앉았다. 우리는 친구가 되었다. 나무가 한

짓은 우리 집 발코니에서 키위가 하던 짓이었다. 나는 전화로 아들 아흐메드에게 묻곤 했다: 네 동생을 데리고 산책했니? 아들은 그 동생이 누구를 뜻하는지 알아들었다. 키위는 내 셋째 자식이다.

우리는 마루에 둘러앉았다. 현관문은 봄의 태양을 향해 활짝 열려 있었다. 그 집은 농가라서 자연과 바로 교류했다. 태양도 그걸 알아, 문이 열려 있기만 하면 버젓이 들어왔다. 허락 따위는 구할 필요가 없었다.

점심 식사라기보다는 두번째 아침 식사가 차려졌다. 나와 마흐무드는 신선한 토마토와 빵을 반가이 먹었다. 아메리카의 붉은 인디언들을 칭송할지어다, 그들이 토마토의 가치를 처음으로 알아본 장본인들이니! 나는 이 황금의 과일-야채가 없는 세상을 상상할 수가 없다.

미소가 얼굴에서 떠나지 않는 안주인과 그녀의 남편 이야기를 했다. '이'는 시인이다. 나는 그녀에게 남편의 시를 좋아하느냐고 물었는데, 그녀는 자기도 시를 쓰느냐고 묻는 줄 알았던 모양이다. 시를 쓰지는 않지만 일기 쓰기를 좋아한다고 그녀는 답했다. 그러니 그녀 또한 작가다. 물론 남편의 시를 좋아한다면서, 하지만 그가 오토바이를 몰고 너무 돌아다니는 건 좀 불만이라고도 그녀는 말했다. 내가 그녀라면 더했을 것이다. 남편이 오토바이를 타고 시와 절경을 찾아 떠도는 동안 집에서 기다려야 할 테니. 오토바이는 그녀에게 원망스러운 물건일 것이다. 어떤 오토바이보다 그녀는 절룩이는 나무를 더 좋아하리라.

경주의 석상

서울에서 한국 친구들이 환송연을 열어주었다. 그 자리에서 한 여의사가 놀랄 만한 말을 했으니, 내가 '수'와 닮았다는 것이었다. 어떻게 그럴 수가 있지? 나는 자문했다. '수'의 얼굴과 비교하기 위해 내 얼굴을 떠올려보려고 했으나, 그게 잘 안 된다는 걸 깨달았다. 내 얼굴은 나로부터 달아나버렸다. 남의 얼굴은 다 기억해낼 수 있어도 내 얼굴만은 그렇지 않았다. 녹음된 내 목소리를 처음 들었던 순간에도 마찬가지였다. 나는 그 목소리를 혐오했고 웅얼거렸다: 이건 내 목소리가 아니야. 추해! 내 목소리가 나 자신에게 낯설었다. 이제 내 얼굴 또한 내게 낯설었다.

모호하게 떠오르는 내 얼굴로부터 나는 그 여의사가 그렇게 판단할 만한 어떤 이유를 추측해보려고 애썼다. 나와 '수'는 둘 다 얼굴이 길고, 눈이 부리부리한 편이라고 할 수 있다. 나는 경주에서 보았던 한 석상을 기억해냈다. 그 앞에서 '수'가 발걸음을 멈추고 내게 물었다: 이 석상의 얼굴에서 특별한 점을 찾아낼 수 있겠어요? 나는 석상의 얼굴을 꼼꼼히 뜯어보았으나 딱히 할 말이 없었다. 실은 그 석상의 얼굴과 '수'의 얼굴이 어렴풋하게나마 비슷하다는 생각이 들었는데 그녀에게 말하지는 않았다. 그녀가 답을 알려주었다: 이 석상이 아랍인의 모습이라고들 해요. 잘 보면 제주도에서 본 석상들과 다르죠.

정말 그 석상은 제주도에서 본 것들과 달랐다. 아시리아나 아람의 석상처럼 보였다. 아니 그 이상으로, 팔구세기 아랍 궁전의 조각상들과 실제로 관계가 있는 것만 같았다. 나는 그 조각상이 여의사가 제기한 의문을 푸는 열쇠라고 생각했다. 만약에 '수'의 얼굴이 그 석상의 얼굴과 비슷한 점이 있고, 그 석상이 아랍인으로 추측될 만한 이유가 있다면, 논리적으로 나와 수도 어떤 이들의 눈에는 닮아 보일 것이다!

우리는 이차를 가서 많이 마셨고, 다양한 언어로 시를 읊었다. 얼근하게 취한 호인이 내 옆에 앉아서 무슨 말인가 하려고 애썼다: 자카리아 씨…… 내가 선수를 쳤다: 죄송합니다만, 저는 자카리아가 아니고 한국인 '김작(Kim Zak)'이랍니다. 제주도 출신이지요. 술 취한 사내는 매우 재미있어 했다. 밤새도록 그는 나를 '김작'이라고 불렀다.

'수'는 지쳐 떨어져서 우리에게 전화로 작별 인사를 했다. 그녀는 일주일 동안이나 우리와 동행하며 우리의 말을 한국 친구들에게 통역해주고, 또 친구들의 말을 우리에게 통역해주었다. 그녀는 자기 이야기는 거의 하지 않았다. 남들이 마음껏 자기 이야기를 하도록 놔두고 그녀는 친구들과 우리 사이를 잇는 다리 역할만 했다. 그녀는 진정 우정의 다리이다. 그녀는 내가 무대 중심증이라고 부르는 병증이 없다. 대부분의 문필가들이 이 병증으로 고생한다. 그들은 늘 무대에 올라 주인공이 되기를 원한다. 그렇지 못하면 화가 나고 비참해진다.

'수'는 다른 종류의 사람이다. 그녀는 다르다.

내가 전번에 한국을 방문했을 때, 그녀와 함께 서울 시내에 있는 절에 간 적이 있다. 그녀는 불상에 절하고 나는 조용히 앉아 있었다. 정성스럽게 절을 올리는 그녀를 보면서 나는 그녀가 경건한 불교도라고 생각했다. 내가 틀렸다. 그녀는 어느 종교의 신자도 아니었다. 일부 종교인들이 종교를 이용한다고 느꼈을 때, 그녀는 모든 종교를 떠났다. 자기 가족의 종교인 기독교 또한 떠났다. 그녀는 불교를 무척 존중하고 한국인의 심성에 가깝다고 생각하지만, 신자는 아니었다. 그녀의 소망은 종교와 사람들 사이의 다리가 되어 그들을 잇는 것이다. 이를 위해 그녀는 때로 자기 자신마저 잊는다.

한국의 아름다움

도하 공항은 중동과 다른 지역을 잇는 다리이다. 비행기를 갈아타기 위해 마흐무드와 나는 거기 일곱 시간이나 머물러야 했다. 의자에 앉아서 지나가는 사람들의 얼굴을 바라보았다. 막 한국에서 온 내게 유럽인들의 얼굴은 지루해 보였다. 아랍식 표현으로, 그들은 피가 무거워 보였다. 이

표현에 따르면 사람들은 피가 무겁고 가벼운 두 종류가 있다. 피가 가벼운 사람들은 그들의 머리 위로 산뜻한 기류가 흐른다. 이것은 내면의 힘의 문제이다. 아무리 아름답게 보이는 여인일지라도 피는 무거울 수가 있다. 그녀의 아름다움에 진짜가 결여되었다는 뜻이다. 도하 공항에서 나는 유럽인들의 얼굴이 피가 무거운 쪽이라는 걸 깨달았다. 한국을 두 번 방문한 후 내가 생각하는 미의 전형이 바뀌었다. 함께 지내보지 않으면 어떤 사람들의 아름다움도 제대로 알 수가 없다. 누군가의 아름다움을 알려면 그들과 최소한 한두 주라도 같이 지내봐야만 한다. 아름다움이란 본보기들이다.

이제는 '귀향의 시'를

정수일(문명교류학자)

'수탉은 달걀을 하나만 낳는다'는 전설 속의 금기를 단숨에 깨고 지금까지 여덟 권의 시집을 상재한 데 이어, 이번에 한국어판 시집까지 펴낸 시인 자카리아 무함마드 선생의 파격적인 담력과 남다른 시재(詩才)에 높은 경의와 축하를 보낸다. 아울러 이번 시집이 한국과 팔레스타인 두 나라 문인들 사이에 이미 놓인 '우정의 다리'에 또 하나의 무쇠 교각을 세워놓았음에 더더욱 고맙고 흐뭇하다.

우리 두 나라는 지금껏 지구상에 남아 있는 몇 안 되는 동병상련의 나라다. 분단과 추방이라는 타율에 의해 정든 고향을 떠나야 하는 이향(離鄕)과 그로 인해 뿔뿔이 흩어져 살아야만 하는 실향(失鄕)과 이산(離散)의 아픔과 서러움을 누구보다도 뼈저리게 겪은 터라서 서로가 가엾게 여기고

동정하는 것은 인지상정이다. 이 점에서 우리는 '운명 공동체'라고 말할 수 있다.

지난 수십 성상 우리의 지성들과 문인들은 숱한 실향민 민초들과 더불어 강요된 이 운명의 먹이사슬을 끊고, 자자손손 오순도순 살아오던 고향으로 귀향(歸鄉)하기 위한 몸부림을 한시도 멈춘 적이 없다. 이향과 귀향은 우주의 원초적 섭리다. 동물의 귀소성(歸巢性)이나 식물의 낙엽귀근(落葉歸根)이 바로 이러한 섭리일진대, 만물의 영장인 인간에게 있어서야 더할 나위가 있겠는가.

필자는 지난 세기 50년대 카이로대학 유학 시절 이웃한 팔레스타인 학우들로부터 이 섭리를 절감했었다. 그들 모두는 언젠가 오고야 말 귀향에 대비해 지덕체를 열심히 담금질하고 있었다. 그러다가 제2차 중동전쟁(1956년 10월)으로 귀향의 꿈이 좌절되자 연일 분노와 비애에 울부짖던 일이 지금도 눈앞에 선하다. 훗날 그들은 이향의 2세대답게 귀향사의 앞머리를 빛나게 수놓았다.

이향과 귀향이라는 화제가 큰 물줄기를 이룬 팔레스타인의 현대사 흐름에는 숱한 '현실 참여적'인 지성의 시인들과 문인들의 기여가 올올이 배어 있다. 이스라엘군 초소를 향해 분노의 작은 돌을 던진 일화로 유명한 에드워드 사이드,

그는 『오리엔탈리즘』으로 포스트식민주의 비평의 전환점을 연 세계적 석학이다. 작은 돌팔매질이 펜만큼이나 강한 여운을 남긴 그는 이 시대의 참 지성의 표상이다.

　자카리아 무함마드 시인은 이 시집에 수록된 산문에서 '이제 무슨 시를 더 쓸 것인가'와 '시와 사회의 관련성 여부'에 관한 두 가지 고민과 더불어 '시를 쓰느니 토마토를 심는 게 낫지 않을까?'라는 시의 유사 무용론까지 덧붙인다. 천식(淺識)으로 섣불리 답할 수는 없지만, 지금까지 응분의 주목에 불급했다는 사정과 주제의 중요성을 감안할 때, 이제부터라도 밝고 희망찬 귀향 시의 시작에 문운(文運)을 건다면 이러한 고민은 말끔히 가실 것이다.

바위에 새긴 말

자카리아 무함마드는 팔레스타인만이 아니라 아랍권 전체에서 손꼽히는 시인이다. 그의 시는 현대 아랍 시란 어떤 것인지를 보여주는 좋은 예로 거론된다. 영문『팔레스타인 현대문학선집』에는 이렇게 소개되어 있다.

자카리아 무함마드는 시인을 민족적 책무를 어깨에 진 영웅이자 해방자로 보는 옛 아랍 시의 입장과 가장 극명하게 결별했다. 개인적이고 고백적인, 거의 자기 비하에 가까운 시를 쓰는데, 그럼에도 그의 시에는 팔레스타인 민중과 함께 하는 집단의식이 실려 있다.[*]

---

[*] *Anthology of Modern Palestinian Literature*, Edited by Salma Khadra Jayyusi, Columbia University Press, New York, 1992.

자카리아 무함마드는 1950년 팔레스타인의 나블루스에서 태어나 이라크 바그다드대학 아랍문학과를 졸업했다. 그가 팔레스타인에서 이라크로 유학 가려고 국경을 넘을 때, 이스라엘 점령군은 그에게 단기 방문을 위해서라도 국경을 다시 넘어 들어오려면 2년 뒤의 특정 날짜에만 가능하다는 희한한 제한을 두었다. 2년 뒤 가난한 유학생인 그는 차표를 사기 힘들어 정해진 날짜보다 이틀 늦게 국경에 도착했고, 이스라엘 점령군은 그 이틀을 이유로 그때만이 아니라 무기한 그에게 국경을 닫아 걸었다. 그가 다시 고향 땅을 밟기까지 25년이 걸렸다.

  학업을 위해 집을 나섰던 청년은 이라크, 요르단, 레바논, 시리아, 키프로스, 튀니지 등을 난민으로 떠돌며 살다가 반백의 중년이 되어서야, 1993년 오슬로협정에 즈음하여 비로소 돌아올 수 있었다. 그러나 협정 체결의 공로로 팔레스타인해방기구 아라파트 의장과 이스라엘 라빈 총리가 노벨평화상을 공동 수상하기까지 했던 오슬로협정은 출발하자마자 좌초되었고, 팔레스타인에 환멸과 분노의 격랑이 일었다. 이미 우리말로 번역된 그의 산문 「취한 새」, 「귀환」에 이 과정이 생생하게 그려져 있다.[*]

---

[*] 팔레스타인 현대산문선 『팔레스타인의 눈물』, 자카리아 무함마드 엮음, 오수연 옮김, 아시아, 2006.

그는 『알 카멜』을 비롯한 아랍의 유수한 문예지들의 편집
장을 역임했으며, 해외 언론매체에도 이스라엘의 팔레스타
인 점령을 고발하는 논평을 활발히 발표해왔다. 그런데 그
의 예리한 붓은 팔레스타인 젊은이들의 자살폭탄 공격 방식
에 대한 반대도 분명히 했으므로, 그는 이슬람 율법회의에
회부되기도 했다. 2002년 이스라엘군이 팔레스타인의 행정
도시 라말라를 폭격하고 탱크로 유린할 당시, 그는 숨을 죄
어오는 이스라엘군 수색조와 이슬람 원리주의자들 양측으
로부터 생명의 위협에 처해 있었다.

올해 2020년 초 그는 '마흐무드 다르위시 상'을 수상했
다. 팔레스타인의 국민 시인이자 아랍을 대표하는 시인인
마흐무드 다르위시를 기리는 이 상은 국적에 상관없이 인
류의 문화 창달에 큰 기여를 한 인물들에게 수여되며, 올해
의 공동 수상자는 미국의 사상가 노암 촘스키, 모로코의 시
인이자 번역가 압델라디프 라비이다. 이 상의 운영위원회는
자카리아 무함마드를 올해의 수상자로 선정한 이유를 다음
과 같이 밝혔다.

자카리아 무함마드의 시는 한편으로는 아랍의 고전 문학
과 옛 어휘에, 다른 한편으로는 민간에 전해져온 이야기들에
내밀하게 연결되어 있다. 더불어 생명 자체와 다양한 생명체
들에 대한 세심한 배려와도 관계가 깊다. 이 모두는 그의 시
에 마치 예언자의 시대로부터 오는 듯한, 성가와 고대 찬가

로부터 울려 나오는 듯한 목소리와 어조를 부여한다.

일단 그의 시에는 미사여구가 없다; 그것은 메시지로 승부를 보려는 언어이다. 방대한 상상력과 시적 이미지의 놀라운 뒤틀기와 뒤집기가 강점인데, 그러면서도 예언적 효력과 특별한 은유 감각을 견지한다. 이러한 언어는 한 이미지를 잘 다듬는 데 연연하지 않는다. 첫 단어부터 마지막 단어까지 작품의 모든 요소를 한데 묶어 전체 이미지를 그림으로써 예술적 결과를 남긴다.

자카리아의 시는 시어를 되살린다. 매일 쓰이는 일상어이든 고전 어휘이든, 뜻밖의 중심적인 역할로 재활용되어 새로운 상징성을 낳는다. 그러므로 돌멩이, 개미, 흙, 낮과 밤, 대추야자나무, 까마귀, 양치기와 그의 지팡이, 그린게이지,* 제리코,** 시험산*** 등 흔히 입에 오르내리는 단어들이 그의 시에서는 대단히 상징적이고 원초적인 느낌으로 변한다. 독자는 마치 아득한 옛날 지구에 첫발자국을 남긴 첫번째 사나이의 말을 듣고 있는 것처럼 느끼게 되고, 자카리아의 시는 독특한 존재론적, 실존적 차원을 얻는다. 거기서는 삶과

---

* 개량 자두.

** 팔레스타인 서안 지구에 있는 도시. BC 9000년경부터 인간이 집단 거주했던 것으로 믿어지는 세상에서 가장 오래된 도시 중 하나이며, 해발 마이너스 258미터로 세계에서 지리적으로 가장 낮은 도시이다. 기독교 성경에 나오는 '여리고 성', 아랍어로는 달의 도시라는 뜻의 '아리하'.

*** 예수가 40일 동안 이 산에서 마귀의 시험을 당했다고 한다.

죽음의 문제가 핵심이면서 전반적인 비유이기도 하다.

시로써, 특히 산문시로써 자카리아 무함마드는 새로운 지평으로 도약했고, 가장 유명한 현대 아랍 시인들 중 하나가 되었다. 이미 출간한 여덟 권의 시집에 고루 발현된 시인으로서의 능력 말고도 그에게는 여러 능력이 있다. 그는 하는 일이 많은 다재다능한 작가이다. 소설 『텅 빈 눈』과 『시클라멘』*을 썼고, 민담을 창의적으로 재해석한 최고의 어린이 책들도 썼다. 그는 뛰어난 수필가이자 언어, 신화, 민속 연구자이기도 하다.** 또 화가이자 조각가이다. 자카리아 무함마드는 항상 사회적인 활동에 깊이 발을 담갔고 용기 있게 발언해왔다. 그가 어느 정도로 용감한가 하면, 자기가 이미 의견을 표명한 사안에서 다른 진실이 밝혀진다면 그는 그 사안을 재고하는 데 아무런 주저함이 없다.

소설 『텅 빈 눈』은 1996년에, 『시클라멘』은 2002년에 발간되었다. 시평집 『미나렛의 수탉─팔레스타인의 문화적

---

* '시클라멘'은 지중해 연안이 원산지이며 겨울에 꽃을 피운다. 팔레스타인 방언으로 '양치기의 지팡이'라는 별칭이 있다.

** 자카리아 무함마드의 신화와 종교 관련 연구서로는 『이슬람 이전 메카에서의 이시스와 오시리스 숭배』(2009), 『전-이슬람기 신화와 의례 사이의 격언들』(2010), 『이슬람 이전 메카의 세 교파: 훔, 톨스, 헬라』(2012), 『페르시아 시대 팔레스타인에서의 유대주의 형성』(2018), 어린이 책으로는 『작은 개미 나물라』(2003), 『세상에서 첫번째 꽃』(2008), 『비를 노래하는 가수』(2011), 『거미』(2011), 『공주』(2013)가 있다.

사회적 문제들에 관하여』*는 2002년에, 『팔레스타인 문화에
대한 질문』은 2003년에 나왔다. 작가의 한국 방문기 「한국
의 승려」는 이 책에 실린 「연꽃 먹는 사람들」과 같은 작품으
로, 2006년에 팔레스타인과 우리나라 양쪽에서 아랍어와 우
리말로** 발표되었다. 나는 그 짧은 여행을 필자와 함께했던
일행의 일원으로서, 또 2006년의 우리말 번역자로서, 기쁘
고 뿌듯한 마음으로 이 아름다운 산문을 이번 그의 시집을
위해 다시 번역했다.

시인과 나의 인연은 2003년으로 거슬러 올라간다. 그해
미국이 이라크를 침공하자 '한국작가회의'***는 현지에 가서
전쟁에 반대하고 실상을 기록할 자원자를 구했고, 내가 가게
되어 이라크와 함께 팔레스타인을 방문했다. 급작스럽게 결
정된 일이라 아는 바도 별로 없이 팔레스타인에 도착하긴 했
지만, 설사 정보가 많았다 한들 점령당함을, 그것도 땅만 필
요하고 그 위의 인간들은 필요치 않은 종류의 점령을 당한
것을 직접 목격했을 때의 충격이 크게 덜하지는 않았으리라.

---

* '미나렛'의 원래 뜻은 '등대'이지만, 이슬람 사원에서 기도 시간을 알리는
탑을 뜻하기도 한다. 팔레스타인의 행정도시 라말라 중심에 있는 광장 또한
'미나렛'이라 불린다. 90년대에 광장 주변에서 닭고기를 파는 상인이 행인
들의 시선을 끌려고 살아 있는 커다란 수탉을 상점 앞에 내놓곤 했는데, 자
카리아는 책 제목을 그 수탉에서 따왔다고 한다.

** 2006년 계간 『아시아』 창간호.

*** 당시는 '민족문학작가회의'.

이스라엘은 팔레스타인 전역을 자기 땅으로 선언하면서, 그 땅에 살고 있는 팔레스타인 사람들은 자국민으로도 취급하지 않았다. 그들은 이스라엘 땅에 있는 이스라엘인이 아닌 이들일 뿐이었다.

팔레스타인을 떠나기 전날 자카리아 무함마드를 인터뷰하면서, 나는 꼭 만나야 할 사람을 놓치지 않았다는 커다란 안도감을 느꼈다. 이듬해 그는 한국작가회의가 주최하는 행사의 초청 연사로 우리나라를 방문했는데, 이는 팔레스타인 자치정부가 발행한 여권으로 입국한 최초의* 사례였다고 한다. 그리고 팔레스타인의 소설가 아다니아 쉬블리, 나즈완 다르위시, 시인 타릭 함단, 마흐무드 아부 하쉬하쉬, 키파엘 파니, 평론가 파크리 살레, 레바논의 소설가 알라위야 소브, 이라크의 소설가 알리 바드르 등의 방문으로 이어졌다. 그가 첫번째로 발을 디딘 이 길은 점차로 넓어져 오늘날 우리나라에서 개최되는 국제 문학 행사에서 팔레스타인 작가를 만나는 것이 그리 놀랄 일은 아니게 되었다.

그 자신 2018년 광주 '제2회 아시아 문학 페스티벌'을 비롯한 여러 행사에 참가해 아랍 문학과 신화를 깊이 있게 소개해왔으며, 앞에서 언급한 『팔레스타인의 눈물』을 비롯하여 팔레스타인 작가들과 한국 작가들의 교환 칼럼을 묶은 『팔레스타인과 한국의 대화』(2009, 열린길)의 편집자이자 주

---

* 당시 외교부가 민족문학작가회의에 그의 신원 보증을 요구하며 밝힌 바다.

요 필자였고, 우리나라 시인들의 작품을 아랍어로 번역하여 아랍권에 소개하기도 했다. 아시아 대륙의 동단과 서단이라는 지리적 거리만큼이나 먼 양자 간의 정서적 거리를 줄이기 위해 '팔레스타인을 잇는 다리'*라는 시민단체가 한때 활동했고 나도 회원이었는데, 그 보이지 않는 다리의 가장 중요한 교각은 자카리아 무함마드였다.

서양 언론은 대체로 이스라엘 쪽으로 편향되어 있으며, 주로 그런 기사를 번역하여 싣는 우리나라 언론** 또한 그렇다. 그리고 보도의 내용 이전에 거기 쓰이는 단어들 자체가 이미 이스라엘의 시각을 반영하고 있다. 이를테면 주요하게 등장하는 '이스라엘 정착촌'이라는 말은 정착하는 사람들, 곧 이스라엘 정착민들의 입장에 맞춰진 것이다. 팔레스타인 사람들의 입장에서는 정착촌이라는 말이 부당할 수밖에 없다. 왜냐하면 이스라엘 정착민들이 어디 빈 땅에 자

<hr />

* '팔레스타인을 잇는 다리'는 2006년부터 2010년까지 해마다 서울에서 아랍 문화 마당 '타하눈'을 개최했다. 2009년에는 '팔레스타인-한국 합동 전시회: 가자61+서울59'를 서울에서, 2010년에는 '한국 영화 상영회'를 팔레스타인의 라말라에서 열었다. 2009년 이스라엘의 팔레스타인 가자 지구 침공 때 '가자 돕기 모금운동'을 벌여 모금액을 3차에 걸쳐 가자 적신월사로 송금했다.

** 2014년 이스라엘의 팔레스타인 가자 지구 폭격 당시 국내 주요 일간지의 관련 보도 70퍼센트 이상이 서양 뉴스 통신이나 미국, 영국 방송을 인용했고, 팔레스타인 현지 매체 인용은 3퍼센트에 불과했다. https://kpfbooks.tistory.com/2268.

리 잡는 것이 아니라, 팔레스타인 자치영역 안에 들어와서 일단 깃발부터 꽂고 나날이 규모를 늘려나가기 때문이다. 기존의 팔레스타인 마을들 사이에 끼어들어 팽창하면서 그들을 서로 단절시키고 각기 밀어내버린다. 어떤 팔레스타인 마을은 사방으로 이스라엘 정착촌에 둘러싸여 보복 당할 위험을 무릅쓰고 은밀히 다니지 않는 한 세상과 단절되어 있는 거나 다름없다. 사실상 남의 땅을 빼앗는 이런 행위를 '정착'*이라고 불러도 되는 걸까? 콜럼버스의 신대륙 '발견'이라는 말이 온당한가 하는 질문과 비슷할 것이다.

팔레스타인 사람들이 이스라엘 정착촌과 정착민들을 지칭하는 말은 따로 있다. '강도들'. 분쟁, 테러, 전쟁 등등, 국제 언론에서 팔레스타인과 관련하여 빈번히 사용하는 여러 단어들도 어떤 이들은 다른 말들로 대체한다. 점령, 저항, 학살…… 그들의 시각에서는 아주 다르게 보이는 것이다. 그러나 그들의 말은 어느 화면이나 지면에도 잘 나오지 않는다.

2017년 말 미국의 트럼프 대통령은 "미국의 최대 이익과, 이스라엘과 팔레스타인 간의 평화 추구를 위해" 예루살렘을 이스라엘의 수도로 인정하겠다고 선언했고, 이스라엘의 네타냐후 총리는 "평화를 위한 조치"라며 반겼다. 유대교, 기독교, 이슬람교—세계 3대 유일신교의 성지인 예루살렘

---

* 하지만 워낙 굳어진 말이라 이 글에서도 어쩔 수 없이 그렇게 표기한다.

은 국제법상 어느 국가의 영토도 아니건만, 일방적으로 이스라엘 편을 들면서 평화를 위한다니 반어법에 가까웠다. 팔레스타인 사람들은 이 선언을 전쟁 선포로 받아들였고 격렬한 반대 시위를 벌였다. 이듬해 5월 텔아비브에서 예루살렘으로 이전한 미국 대사관 개관식에 그 대통령의 딸이 직접 참석하여 아버지의 선언을 자랑스럽게 재선포한 날, 팔레스타인에서는 시위대를 향해 이스라엘군이 발포하여 많은 사람들이 죽거나 다쳤다. 팔레스타인 당국에 따르면 그날 하루 동안의 사망자가 52명, 부상자가 1,200명에 달한다.

팔레스타인 서안 지구 전체, 우리나라 제주도를 세 개쯤 합친 크기의 땅을 온전히 둘러싼 8미터 높이의 시멘트 장벽에 이르면, 급기야 언어는 무화한다. 초현실주의 영화 같은 현실에서 언어가 증발되어버린다. 유엔은 일찍이 2004년에 이 분리장벽이 국제법에 위배된다며 해체를 요구하는 결의안을 채택했지만, 이스라엘도 장벽도 끄떡하지 않았다. 또 유엔은 팔레스타인 자치영역 안에 확산되는 이스라엘 정착촌의 불법성을 수차례 지적해왔고 2016년에는 건설 중단을 촉구하는 결의안도 채택했으나, 도리어 이스라엘은 정착촌 건설에 박차를 가했을뿐더러 이 땅들을 자국 영토로 합병할 계획을 세웠다. 2020년 8월 아랍에미레이트와 평화협약*을

---

* 미국, 이스라엘, 아랍에미레이트 간의 이 협약은 사실 이란을 압박하기 위

체결하느라 이 계획을 잠정적으로 중단하면서도, 네타냐후 총리는 계획 자체에는 변함이 없다고 못을 박았다. 만약에 이 계획이 실행된다면 팔레스타인은 이스라엘 정착촌들 사이에 가느다란 파편들로 남게 된다.

이런 상황에서 시는 대체 무엇을 할 수 있을지? 시와 시를 쓰는 일의 의미에 대해 어디서나 시인들은 고민하겠으나, 팔레스타인은 그 고민의 강도가 가장 높은 지역 중 하나일 것이다. 이 책에 실린 자카리아 무함마드의 산문「시와 토마토」는 이 문제를 다루고 있다. 그의 다른 글들이 그렇듯이 지난했던 고민의 궤적을 담백하게 요약한 후 시인은 이렇게 결론 맺는다.

시는 사회적 의미가 있습니다. 시는 작고 달콤한 과실입니다. 그러나 시는 과중한 짐을 질 수가 없습니다. 우리가 너무 많은 짐을 지우면 시는 등뼈가 부러질 겁니다. 시는 섬세한 도자기처럼 깨지기 쉽습니다. 바로 그 연약함이 시의 강점입니다.

그러므로 시를 부서뜨리지 않으려면 우리는 압박을 자제해야 합니다. 시는 변화를 일으킬 수 있고 영향을 미칠 수 있지만, 그 대상은 몇몇 사람에게 한정됩니다: 시의 영향은 눈

한 것이다. 아랍에미레이트는 팔레스타인과의 연대라는 명분을 버리고 자국의 이익을 취했다.

에 띄지 않지만 깊습니다. 콕 집어내질 수 있는 것이 아닙니다. 오래된 아랍 시가 말하듯이, "가장 단단한 바위 위를 개미들이 다니면서 새겨놓는 길"과 같습니다. 또 옛 경구처럼, 시의 맷돌은 느리게 돕니다:

신의 맷돌은 느리게 돌지만
아주 철저하게 간다.

언어도단의 상황이기 때문에 더욱더, 자카리아 무함마드는 시의 강점을 살리기 위해 분투했다. 천천히 돌지만 철저하게 가는 시의 맷돌을 꾸준히 돌렸고, 가장 단단한 바위 위에 인간의 길을 집요하게 새겼다. 팔레스타인이라는 말만 들어도 절규와 눈물을 떠올리게 되는 우리의 선입견을 그의 시는 아주 멀찍이 벗어난다. 간결하고 차분하다. 그런데 울림이 대단히 크다.

나는 내 시가 바닷속에서 폭발해서, 수면에는 단지 거품만 떠오르기를 바랍니다. 그 거품을 보고 독자들은 저 깊은 데에서 큰 폭발이 있었음을 알아챌 겁니다. 좋은 시는 독자들 앞에서 폭발하지 않습니다.

이 책에 실린 다른 산문 「연꽃 먹는 사람들」에는, 시인이 우리나라 대학생들을 향해 이렇게 강연하는 장면이 있기도

하다. 그의 시는 때로 단 한두 줄이기도 하지만, 저 밑에 엄
청난 폭발이 있다.

소년은 보았다.
검정말
이마에 흰 별 찍힌
검정말은
아무것도 쳐다보지 않으면서
한 발을 땅에서 들었다.
이글대는 태양 아래
초원은 짙푸르고
말의 앞 갈기 아래
별은 하얗게 타올랐다.
말에게 굴레는 없고
입에 재갈도 물려 있지 않았다.
그런데도 말은 씹고
또 씹었다.
머리를 채면서
입술에서 뜨거운 피가
흘러내리도록.
소년은 놀랐다.
검정말이 뭘 씹고 있는 거지?
혼잣말로 물었다.

뭘 씹지?

검정말은 씹고 있다.

기억의 재갈을

녹슬지 않는 강철로 만들어져

씹고 또 씹어야 할

죽을 때까지

씹어야 할

기억의 재갈을.

　　―「재갈」 전문

　팔레스타인 문학을 간략히 소개하는 자리에서 내가 자카리아 무함마드의 이 시에 나오는 '검정말'을 이스라엘의 비유로 해석한 적이 있다.* 검정말이 과거의 기억 속에만 있고 현재는 존재하지 않는 재갈을 씹고 있듯이, 이스라엘은 과거 자신들이 당한 홀로코스트의 비극으로 오늘날 자기들이 팔레스타인에 저지르는 무자비한 폭력과 학살을 정당화하고 있다고 말이다. 그 후 시인이 한국을 방문했을 때 이 해석을 전하자 시인은 시란 여러 해석이 가능하다고 답하면서도, 별로 좋아하지 않는 눈치였다. 좀 더 이야기해보니, 시인 자신에게 검정말은 결코 치유될 수 없는 정신적 상흔에

* 2018년 4월 '제주 4·3 66주기 추념 국제문학심포지움'과, 9월 '제2회 이호철 통일로 문학상 심포지엄'에서 발표. 『녹색평론』(2018년 11~12월호)에 수록.

얽매인 모든 사람의 비유였다. 이스라엘인만이 아니라 팔레스타인 사람일 수도 있고, 한국인일 수도 있고, 국적은 상관이 없었다. 그는 인간의 본질을 응시했고, 그의 시는 나의 섣부른 해석보다 훨씬 깊고 넓었다. 고백하건대 자카리아 무함마드의 시를 읽고 번역하는 일은 내게 문학에 대한 안목을 넓히는 기회이기도 했다.

인간과 인간 사회를 떠받친다고 믿어졌던 원칙들이 무너질 때, 현실이 너무나 무도해서 그런 것들은 말짱 다 거짓말처럼 보일 때, 그때도 그것들을 포기할 수 없는 사람들이 있다. 그들이 문명의 빠진 주춧돌을 메울 것이다. 극단적인 상황에서도 자카리아 무함마드가 시를 지키고 있는 것에 나는 고마움을 느낀다. 바위에 새겨진 전언과도 같은 그의 시가, 비록 번역의 한계가 뚜렷할지라도, 한국 독자들에게도 와닿기를 간절히 바란다.

이 책에 실린 시들은 그의 여덟 권의 시집에서 시인이 스스로 뽑아준 것들이다. 현재의 두 배쯤의 분량에서 우리에게 보다 호소력이 있을 법한 시들을 내가 추렸고, 순서 또한 편집자와 내가 상의하여 이 책 나름의 흐름을 만들려고 노력했다. 그의 시들이 대개 제목이 없든지 있어도 '무제'인데, 우리에게는 그런 형식이 낯설기 때문에 시인을 설득하여 시의 첫 행으로 제목을 삼았다. 시 안의 단어를 제목으로 뽑는 경우에는 시인의 허락을 얻었다.

십여 년 넘게 기회가 될 때마다 그의 작품을 번역하다보니 꽤 분량이 쌓였고, 조금 덧붙이면 시인의 문학 세계를 알릴 수 있는 괜찮은 시집이 되리라고 생각하고 시작한 일이었다. 그러나 시인에게 시를 더 받아 일차 번역을 마친 후에도 아랍어를 곧장 옮기지 못하고 영어를 거쳐 중역한 데 기인한 불안감이 컸다. 시인과 아무리 질의, 응답을 주고받아도 뭔가 아직 덜 풀렸다는 미진한 느낌이 남았다. 한동안 체기처럼 앓고 있는데, '한국문명교류연구소'와의 인연으로 정진한 박사님, 안희연 박사님께서 도움의 손길을 뻗쳐 이 시집과 함께 나 또한 구원해주었다. 이슬람 사상사와 아랍어를 전공한 두 박사님은 아랍어 원문과 나의 번역을 일일이 대조하여 부실함을 지적하고, 자카리아 무함마드 시의 영어 번역문이 이미 다소간 편집된 상태라는 점을 밝혀주었다. 특히 후자의 사실은 나를 뒤늦게 당황스럽게 했는데, 원작자는 이렇게 설명했다.

"근래 들어 내 시는 번역하기가 매우 어려워졌습니다. 많은 시가 모순에 기반합니다. 시가 그 자체로 모순되기도 합니다. 어떤 시는 의미가 아니라 감정을 창조하는 것을 목적으로 하기도 하고요. 이러니 번역자들은 종종 정확한 의미를 전달할 수 없었습니다. 그래서 나는 번역자에게 주기 전에 아랍어 원문을 얼마쯤 바꾸기도 했습니다."

어떤 번역도 완벽할 수는 없겠지만, 자카리아 무함마드의 시에는 번역이 불가한 영역이 있었던 것이다. 그럼에도 아랍어 원문으로는 느껴지는데 영어 번역본에는 말라버린 강렬한 분위기라든가 어감을 되도록 살리기 위한 과정이 또 한차례 있었다. 시 한 편당 수차례씩 원작자와 이메일을 주고받으며 양자를 조합하기도 하고, 양자의 차이가 큰 경우는 재차 선별하기도 했다. 복잡해도 그렇게라도 할 수 있어서 나는 좋았다. 아랍어 원문을 열어줌으로써 이 과정을 가능하게 해준 정진한, 안희연, 두 박사님께 다시 한 번 감사드린다.

'한국문명교류연구소'는 이 책의 출판을 여러 모로 지원해주었다. 문명교류학을 창시한 세계적인 학자이며 우리나라에 아랍 문화를 알리는 데 선도적인 역할을 해온 정수일 소장님께 깊이 감사드린다. 더불어 이 책의 기획 단계부터 묵묵히 함께하며 버팀목이 되어준 연구소의 장석 이사장님께도 감사의 말씀을 드린다. 번역의 방향을 잃고 주춤거릴 때마다 적절한 조언으로 나침반이 되어준 김정환 시인께도 감사드린다. 팔레스타인과의 연대에 적극적으로 동참해왔고 자카리아 무함마드 시인과의 우정으로 이 책에 추천사를 써준 나희덕 시인께도 감사의 말씀을 전한다. 마지막으로 시민 단체 '팔레스타인을 잇는 다리' 시절부터 제 보금자리 한쪽을 내어주고 이번 출판에 더없이 공을 들여준 강출판사의 정홍수 대표, 임고운 편집자, 여운 디자이너께 감사드린다.

2020년 10월 오수연

우리는 새벽까지 말이 서성이는 소리를 들을 것이다

ⓒ 자카리아 무함마드

1판 1쇄 발행		2020년 10월 27일
1판 3쇄 발행		2022년 2월 20일

지은이		자카리아 무함마드
옮긴이		오수연
펴낸이		정홍수
편집		김현숙 임고운
펴낸곳		(주)도서출판 강
출판등록		2000년 8월 9일(제2000-185호)

주소		서울시 마포구 동교로17안길 21(우 04002)
전화		02-325-9566
팩시밀리		02-325-8486
전자우편		gangpub@hanmail.net

값 13,000원
ISBN 978-89-8218-264-8   03890

이 도서의 국립중앙도서관 출판예정도서목록(CIP)은 서지정보유통지원시스템 홈페이지(http://seoji.nl.go.kr)와 국가자료종합목록시스템(http://www.nl.go.kr/kolisnet)에서 이용하실 수 있습니다. (CIP제어번호 : CIP2020040330)

* 잘못 만들어진 책은 구입처에서 교환해드립니다.